16	3	2	13
5	10	11	8
9	6	7	12
4	15	14	1

CB043232

Aidan Macfarlane e Ann McPherson

O DIÁRIO DE SUSIE

ANOTAÇÕES DE UMA
GAROTA DE 16 ANOS

Tradução de Rubens Figueiredo

editora 34

EDITORA 34

Editora 34 Ltda.
Rua Hungria, 592 Jardim Europa CEP 01455-000
São Paulo - SP Brasil Tel/Fax (11) 3816-6777 www.editora34.com.br

Edição conforme o Acordo Ortográfico da Língua Portuguesa.

Capa, projeto gráfico e editoração eletrônica:
Bracher & Malta Produção Gráfica

Ilustrações:
John Astrop

Revisão:
Angela Viana

1ª Edição - 1993 (9 Reimpressões), 2ª Edição - 2009

CIP - Brasil. Catalogação-na-Fonte
(Sindicato Nacional dos Editores de Livros, RJ, Brasil)

Macfarlane, Aidan, 1939-
M26d   O diário de Susie: anotações de uma
garota de 16 anos / Aidan Macfarlane e Ann
McPherson; ilustrações de John Astrop; tradução
de Rubens Figueiredo. — São Paulo: Ed. 34, 1993.
176 p. (Coleção Infanto-Juvenil)

Tradução de: I'm a Health Freak Too!

ISBN 85-85490-13-6

1. Psicologia do adolescente.
2. Adolescência. I. McPherson, Ann. II. Astrop, John.
III. Figueiredo, Rubens. IV. Título. V. Série.

CDD - 155.5

O DIÁRIO DE SUSIE

1. Tudo sobre mim mesma 7
2. Pondo em ordem rapazes, sexo e trabalho 10
3. A maravilha dos dezesseis anos, e nunca ter........................ 22
4. Escrever direito e os direitos dos animais 30
5. Corações partidos e pais separados 37
6. Piolhos bêbados 48
7. Gânglios, febre e estudos 59
8. Provas e abusos 72
9. A gordura está nos olhos de quem vê 82
10. Mas de quem é esse trabalho? 89
11. Um amor de verão? 96
12. Romance e resultados 105
13. Caindo aos pedaços 110
14. Juntando os pedaços 118
15. Morte, terror e drama 126
16. Comida, abençoada comida 133
17. Na campanha contra a AIDS 141
18. Na campanha das finanças 152
19. Coceiras de Natal 159

Índice onomástico 168

MINHA FAMÍLIA

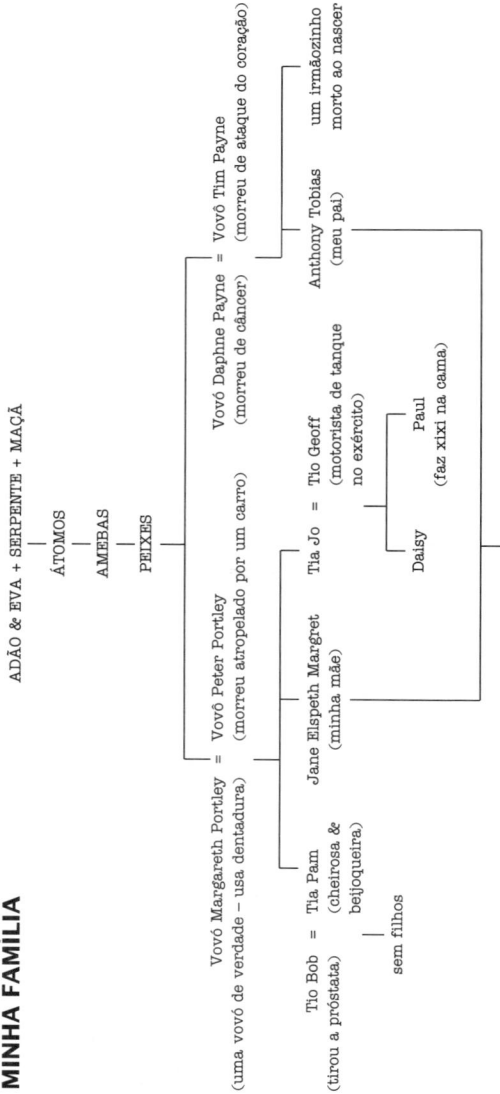

ADÃO & EVA + SERPENTE + MAÇÃ

ÁTOMOS

AMEBAS

PEIXES

Vovó Margareth Portley
(uma vovó de verdade – usa dentadura.)

Vovó Peter Portley = (morreu atropelado por um carro)

Vovó Daphne Payne
(morreu de câncer)

Vovô Tim Payne
(morreu de ataque do coração)

um irmãozinho
morto ao nascer

Tio Bob = Tia Pam
(tirou a próstata) (cheirosa &
beijoqueira.)

Jane Elspeth Margret
(minha mãe)

Tia Jo = Tio Geoff
(motorista de tanque
no exército)

Anthony Tobias
(meu pai)

sem filhos

Daisy

Paul
(faz xixi na cama)

PETE
(autor de "Diário de um
adolescente hipocondríaco")

EU

SALLY
(tem um monte de namorados
e trabalha num bar)

Árvore genealógica da minha gata:
Bovril

Gato amarelo (5 filhotes)

Gato preto (2 filhotes)

Gato malhado (4 filhotes)

?

Capítulo 1
TUDO SOBRE MIM MESMA

Rua Clifton, 18
Hawsley, Londres
Inglaterra
29 de dezembro

Cherie Marie Cerveau,
Estou escrevendo para você par ce que meu colégio disse que você é minha correspondente française e imaginei que talvez você gostaria de saber quelque chose sobre moi e minha famille. Espero que me responda e conte quelque chose da sua também.

Meu nome é Susie. Tenho quase 16 anos e mon aniversário é no jour 14 de janeiro. Meus olhos sont castanho-acinzentados e meu cabelo é comprido, também é castanho e muito embaraçado. Não gosto muito da escola par ce que acho os professores chatos, mas não sou trés ruim em Biologia, nem muito boa em Francês.

Moro numa maison em Londres. Não é muito bonita. Mas adoro a casa e tem un bon jardin. Minha família é o mon père, ma mère, mon

irmão mais velho, minha irmã mais velha e sua gata Bovril. Mas agora a gata é mais minha par ce que Sally nunca lhe dá o que manger.
Gosto muito beaucoup de minha gata. Fiz uma descrição da minha família que vou enviar junto com essa carta para que vous possa entender melhor como é.

Na minha maison tem:

Primeiro, meu irmão Pete, que é muito sabido e muito enjoado.
Tem 17 anos e só tira 10 nas provas, toujour. Tem um lugar garanti-
do para ele étudier medicina na Universidade de Nottingham. Está
aprendendo a dirigir mas é trés ruim nisso. Ele é aussi um hipocondríaco e vive pensando no seu corpo e escreve sobre isso dans son diário.
Também tem hipocondríacos aí en France? Ele adora beber mas maman
não sabe pas disso. Vive tentando sair com as garotas mas não se dá
trés bem não. Andou com uma namorada que s'apelle Cilla mas agora ela já está em outra. Pete tem um ami muito joli chamado Sam, que
todas garotas adoram e eu também aussi, mas ele só me conhece como
a irmãzinha do Pete. Pete vive mexendo comigo também e me chama
de burra, só que eu não sou, e dou o troco falando mal dos óculos dele.
Ele tira os óculos quando quer paraêtre mais séxi. Quando vous vier
ici aqui é melhor ter cuidado quando ele tirar os óculos!

Minha irmã Sally tem 21 anos. Ela é trés difficile, uma rebelde.
Maman vive preocupada com ela e grita muito. Está morando com o
último namorado, de quem ninguém ici gosta muito. Elle est trés, trés,
trés linda e eu gostaria de ser igual. Vai a um monte de festas e passa
tout le temps no bar onde trabalha. Antes era cabeleireira, cuidava dos
chevaux, ou será dos cheveux? Um dos dois, sei lá qual.

Mon père tem um barrigão e é quase todo careca. É gentil mas
son travail non est lá muito gentil não. É um exterminador de pragas.
Tem quelque chose na cara que ele chama de bigode. Il s'apelle Tony,
fuma cigarretes e finge que não fuma.

Depois vem ma mère. Ela é muito mandona e se mete em tudo
mas eu acho que você vai adorar minha mãe par ce que é muito bonita e engraçada. Come demais e adora beaucoup le chocolat. Elle s'apelle
Jane e é meio gorda de todo lado que a gente olhe, mas finge que não
é pas. Tenho medo de ficar gorda feito ela. Está sempre, toujours, que-

rendo saber quelque chose sobre o que ando fazendo e aonde estou indo e avec quem. Às vezes o cabelo dela tem a mesma cor do meu mas é meio encaracolado.

Minhas amies sont Kate, Emma, Sita, Sheila e às vezes Mary, mas minha amiga mais íntima e que me entende de verdade é Bovril, minha gata, que adora beaucoup les gatos e está toujour com eles e por isso vive tendo filhotes.

Adoro esportes, tipo natação e corrida, e faço parte da equipe do colégio, mas também tenho alergia. Detesto quando minha cara fica cheia de espinhas e tenho de cobrir tudo avec maquillage, coisa que não podemos usar pas no colégio.

Tomara que você goste de mon francês. Por favor, escreva e me conte sobre você e diga o nome do conjunto de que mais gosta. Você tem um diário? Eu tenho um caderno trés spécial onde anoto tudo que acontece.

Sua amie correspondente,   S U S I E

P.S. Não gosto pas de carne e quando eu ficar aí avec vous será que eu podia manger só vegetais? Je acho cruel e horrible matar animais.

P.P.S. Piada:

Pergunta: Por que meu irmão Pete, que acha seu corpo a coisa mais interessante do mundo, toma banho de cueca?

Resposta: Porque não gosta de encarar um desempregado.

Capítulo 2
PONDO EM ORDEM RAPAZES, SEXO E TRABALHO

1 de janeiro
Adoro um diário novinho. Todo limpo, uma delícia. Só à espera de alguém que escreva.

Pete acha que só sei imitar quando escrevo um diário, porque ele já ficou superfamoso com o diário dele. Pete anda um bocado azedo desde que Cilla foi embora com David. Em todo caso, Pete não é a única pessoa no mundo que tem um diário. Ao contrário dele, vou anotar tudo o que passar pela minha cabeça, tudo exatamente como acontece. Se eu escrevesse uma coisa falsa seria como contar mentiras para mim mesma. Por isso é que eu quero que esse diário seja secreto.

2 de janeiro
Só faltam doze dias para o meu aniversário. Mal posso esperar para fazer 16 anos, quando então vou poder:

* casar com o consentimento dos meus pais (Pete ia adorar se ver livre de mim);

* largar a escola e arrumar um emprego de horário integral;

* sair de casa com o consentimento dos pais (Bovril teria que vir junto);

* escolher sozinha meu médico e decidir qual o meu tratamento;

* tirar licença para dirigir motocicleta (não que minha mãe fosse deixar);

* comprar cigarros (pelo menos agora isso é permitido por lei);

* ter relações sexuais (Hummmmm);

* fazer aborto sem o consentimento dos pais;

* comprar títulos que rendem juros (já comprei uns da tia Jo);

* tomar bebida alcoólica num hotel, mas só acompanhando uma refeição (ainda não vou poder ficar bebendo com Sally no bar); se bem que ainda vou ter que estar acompanhada por minha mãe e meu pai se for interrogada pela polícia (tomara que isso nunca aconteça!).

Tenho que esperar até fazer 17 anos para:

* entrar em lojas de apostas, mas só posso apostar depois dos 18 anos;

* entrar nas forças armadas, mas meus pais ainda precisam dar sua aprovação;

* tirar carteira de motorista normal para dirigir carro, mas não para veículos pesados;

* ser presa.

Mas tenho inveja de Pete que esse ano faz 18 anos e vai poder:

* assistir a filmes proibidos para menores;

* ter talão de cheque e cartão de crédito;

* votar (talvez quando eu puder votar ajude a mudar o governo);

* pedir empréstimo;

* pedir bebida alcoólica no bar e tomar ali mesmo;

* doar sangue (argh);

* sair de casa, viver com quem quiser, casar sem pedir autorização dos pais (mas Cilla não vai se casar com ele, isso é certo);

* mudar de nome sem autorização dos pais;

* ver sua certidão de nascimento, mesmo que ele seja um filho adotivo;

* ser membro de um júri;

* tirar seu próprio passaporte sem a assinatura do pai e da mãe.

Pete é um louco sexual. Parece que já anda pensando em pôr em prática seus "conhecimentos médicos". Pegou um livro na biblioteca sobre o comportamento humano. Diz alguma coisa sobre as razões de uma pessoa se sentir atraída por outra. Tenho certeza de que é tudo sobre sexo, mas ele diz que são "coisas úteis" para entender como as pessoas escolhem namoradas e namorados. Diz que tudo acontece por causa de uma "sequência sexual". Quando a gente encontra alguém numa festa ou outro lugar assim, acaba atraída provavelmente pela roupa ou pelo aspecto (mas Pete diz que os cheiros também devem influir). Depois começa uma espécie de jogo que para, caso uma das pessoas não tenha mais vontade de continuar. Pete disse que o problema é quando uma pessoa quer continuar e a outra não quer — como ele e Cilla.

O tal livro dele diz que a "dança da corte" (parece coisa da história antiga) começa com os olhares dirigidos para o corpo um do outro (o "estágio do olhar"), e depois para os olhos um do outro. Em seguida vem o "estágio da conversação", quando se tenta descobrir alguma coisa da pessoa; depois alguns contatos físicos, não assim diretos, mas um pouco disfarçados: ajudar você a tirar o casaco, pegar sua mão para ajudar a atravessar a rua. Depois um pouco mais de contato, tocando os corpos um no outro, roçando como se fosse por acidente.

As coisas alcançam um grau mais íntimo quando os dois seguram as mãos de verdade. Aí vem o grande salto para o beijo, seguido de contatos mais sérios e meio desajeitados. Pete diz que sou nova demais para saber os estágios seguintes, pois são proibidos para menores de 18. Mamãe falou que a cabeça de Pete só sabe pensar em uma coisa e que devia ir à médica da família falar a respeito. Pete respondeu:

— Tomara que ela tenha uma tarde inteira para me ouvir.

4 de janeiro

Não dá para aguentar. Pete perdeu Cilla e agora se interessa por Sandy. Mas Sandy está afim do Sam, então Pete tenta sair com Brenda, que sai com qualquer um. Só que Sam está saindo com Joana, então Sandy está ficando com Randy Jo, que na verdade tá ligado na Emma. Eu estou interessada no Sam, mas não estou saindo com ninguém. Talvez eu não encontre ninguém para sair e acabe morrendo velha e solteirona.

5 de janeiro

Jeito ruim de começar o primeiro fim de semana do Ano Novo — aqui, sentada, de saco cheio de estudar e sem conseguir terminar nada.

Pete admitiu para mim que experimentou maconha! (Vou pôr isso na minha lista negra para quando ele me criar problemas.) Disse que foi com Cilla, no ano passado. Perguntei por que achava certo fumar maconha e não cigarros comuns. Respondeu que não achava nada certo. Na hora achou algum encanto naquilo, mas descobriu que fumar uns poucos cigarros de maconha tinha o mesmo efeito nocivo para os pulmões do que fumar vinte cigarros comuns, e também não era nada bom para o cérebro. Eu não quero nem chegar perto — acabam ferrando a vida da gente, e as pessoas que vendem drogas para crianças deveriam ser enforcadas.

6 de janeiro

Toda vez que sento para estudar para os exames simulados entro em pânico. Fico com uma sensação horrível no estômago e saio correndo para o banheiro. Depois bebo uma xícara de café. Como é que o Pete consegue? O quarto dele tem o cheiro e o aspecto do depósito de lixo da prefeitura. A vida amorosa dele é uma bagunça, suas espinhas são iguais a crateras da Lua e dez vezes piores que as minhas, mas ele *consegue* organizar seu estudo. Eu fico pulando de um livro para o outro, de Matemática para Biologia, de Francês para História, de Física para Literatura e Língua Inglesa, e acabo sem conseguir terminar nada. Os exames são daqui a duas semanas, eu devia ter estudado nos feriados do Natal, como a chata da minha mãe ficou atrás de mim repetindo o tempo todo. Não sei por que me deixa tão furiosa o fato de ela no final ter sempre razão. Mas não deixo ela saber disso.

Mas na verdade, quem é que estuda no Natal? Não dá para eu faltar às festas, e além disso tem os meus amigos, que só querem saber de ganhar aqueles presentes certinhos. Uma cueca samba canção multicolorida adivinha para quem (S). Meus pais são os mais difíceis. É sempre: "Qualquer coisa que você mesma tiver feito será ótimo". Por que não podem ser iguais a todo mundo e gostar do que *eu* comprar para eles? Comprei um par de suspensórios vermelhos para meu pai — realmente chiques. Ele disse que era exatamente o que queria, e depois eu fui achar os suspensórios na pilha de coisas doadas para os pobres no dia do Ano Novo. (Não sei que utilidade eles vão ter para as vítimas de uma enchente no Terceiro Mundo, a não ser que usem para amarrar as casas.) Para minha mãe comprei um bermudão vermelho brilhante cheio de babados, para sacudir sua vida sexual — mas acho que é o Pete agora quem está guardando o bermudão no fundo do armário, junto com suas revistas pornográficas. São iguais às revistas para adolescentes, só que todo mundo está pelado.

7 de janeiro

Não consigo me concentrar. Penso nas coisas que devia ter feito e ainda não fiz. Sou uma especialista em desculpas: preciso telefonar para minhas amigas para saber o que estão fazendo, preciso limpar meu quarto (até isso é melhor que estudar), preciso achar minha velha caneta azul toda mastigada. Tenho cinco canetas, mas essa é a única com que eu me dou bem, e ela está perdida há uma semana. O pior é que estou brigada com Bovril. Ela sujou minha cama na noite passada, e minha mãe me obrigou a limpar tudo, o que me fez vomitar.

Acho que vou fazer uma lista dos garotos que quero namorar:

John: nota 8 – passável, não beija mal (uma vez no Natal), é meu vizinho, estuda na minha sala, é um pouco infantil, acho que pinta o cabelo e peida muito. Eu não ia conseguir viver com aquele cheiro.

Sam: nota 10 – desejável, mas parece não notar que existo. É o melhor amigo de Pete, autoconfiante, mas não um convencido. O pai dele também é um líder, médico e cientista, um imu... imun... sei lá.

Ram: nota 7 – irmão mais velho de Sita. Muito bonito, meio tímido.

Mark: nota 2 – o fundo do poço. Dezesseis anos e é só um zé-ninguém. Preferia sair com o irmão dele de sete anos.

Andrew: nota 5 – tudo bem, só que é da minha idade. Super metido, tenta sair com todas as meninas, até comigo. Tem cheiro de cigarro e usa meia branca.

Winston: nota 8 – muito jeitoso e atlético.

Mike – o pigmeu. Bonzinho, amigo, mas na verdade não conta, pois parece preferir os rapazes.

8 de janeiro
Volta à escola. Nunca mais quero olhar o livro de Francês.

9 de janeiro
Revisão. Não adianta, o livro não me deixa em paz. Kate deixa correr frouxo e depois dá um duro danado, direto, sem descansar nas três semanas antes dos exames. Mas a gente não pode cochilar com essas provas, muita coisa depende da opinião do professor.

Ainda estou escondendo meu último boletim dos meus pais. O que ele revela, para dizer o mínimo, é um desempenho nada brilhante. Típico da minha mãe: ela perguntou onde estava o boletim. Respondi que a escola resolveu não mandar.

BOLETIM

Inglês

Não foi bem embora ela pudesse ter se saído bem se, na aula, ficasse mais concentrada no seu trabalho e falasse menos com os colegas. Tem também irritantes lapsos de atenção durante a aula.

J. Jensen

Física

Ah, minha cara. Susie não só nunca faz seus trabalhos direito como também distrai os outros. Não tenho a mínima ideia se ela é boa na minha matéria. Seus trabalhos de casa só chegam atrasados, quando são entregues, encontro neles muito mais vaos de imaginação do que o resultado de algo feito às pressas. As marcas de pata de gato no papel não ajudam a legibilidade dos trabalhos.

O Boil

Biologia

SUSIE PODE SE SAIR MUITO BEM NOS EXAMES E PODE ATÉ TIRAR 10. MAS PARA CONSEGUIR ISSO PRECISA CONTINUAR A ESTUDAR MUITO ATÉ A DATA DOS EXAMES. PARECE TER PARTICULAR INTERESSE PELOS PONTOS RELATIVOS AO CORPO HUMANO. DESEJO-LHE SORTE. *N. SMELLIE*

Francês

Susie não demonstrou interesse especial na minha matéria. Seus esforços para não fazer nada deram o resultado esperado.

G Slazengeh

História

Trata-se de uma jovem senhorita muito confiante e dotada de um espírito gregário incomum. Seus textos, embora informativos, são um tanto desleixados. Precisa aprimorar a organização de seus horários de estudo e dos trabalhos de casa. Seus pontos fortes são História Contemporânea e debates em aula.

— Trestring

Matemática

O desempenho de Susie é difícil de avaliar, pois ela faltou a muitas aulas nesse período. Vai ser preciso estudar muito. Quando está presente, tem altos e baixos extremados, alternando fases de intensa atividade com períodos de moleza e relaxamento.

P. Pie

Educação Física

Ela tem uma grande habilidade, mas prefere não usá-la.

K. Court

Avaliação da Orientadora

Pode haver na avaliação dos professores algum exagero, e Susie é sem dúvida uma moça adorável, mas... Ela vai ter que se esforçar. Acho que ia ajudar se a senhora viesse aqui conversar comigo, por favor. Susie precisa melhorar seu método de estudo para que possa desenvolver ao máximo suas potencialidades.

W. Rogers

Avaliação do Diretor

DESIGUAL E DESANIMADOR. SINTO QUE SUSIE PODERIA SE SAIR BEM MELHOR. SEU COMPORTAMENTO POUCAS VEZES FOI BOM COMO PODERIA TER SIDO.

I. MacIntosh

Acho que deve haver um livro de frases feitas para os professores usarem nos boletins. E deve vir também com a tradução, assim:

"podia se sair melhor se quisesse" = "um caso sem esperança"

"tem um grande potencial" = "pode ser, mas nunca notei onde está"

"está com tarefas atrasadas" = "nunca traz o dever de casa"

"participa dos debates" = "não para de falar"

"deve ser menos benevolente consigo mesma" = "preguiçosa de matar"

"precisa se aplicar mais" = "até que seria bom dedicar-se mais a estudar e menos a flertar com os rapazes"

De qualquer jeito, resolvi que vou me formar em Francês, ser Primeira Ministra e arrumar outra vez o sistema educacional. Sorte dos professores estrangeiros. Mas não tenho certeza de que fosse adiantar muito. Não sei se as escolas são para a gente passar nos exames, adquirir conhecimentos ou evitar que os professores andem soltos pelas ruas.

10 de janeiro

Até escrever para a cheirosa tia Pam e o constrangedor e operado da próstata tio Bob é melhor do que estudar. Fiz assim:

Cara tia Pam e caro tio Bob,

Adorei ver vocês no Natal. Obrigado pelo lindo presente e pelo almoço delicioso. O presente era exatamente o que eu queria. Como vão vocês? Espero que ambos estejam bem. Obrigado mais uma vez...

Não consegui pensar em mais nada para dizer. Não ia contar a eles a minha vida social inexistente. Tio Bob me pergunta sobre meus namorados desde os 6 anos de idade. Só deu para encher três linhas. Nem posso me lembrar se me deram umas meias ou um cachecol. Os dois eram cor-de-rosa e isso me confundiu. Mais donativos para os pobres. Em algum lugar vai ter uma pessoa bem aquecida usando um cachecol cor-de-rosa e uma capa cor-de-rosa e suspensórios vermelhos. Aposto que minha mãe vai mandar eu usar os presentes quando formos visitar meus tios de novo. Vai ficar falando em ferir os sentimentos da tia

Pam. Mas e os meus sentimentos? Vou ficar parecendo uma palhaça! Não acho que Sam nem ninguém ia se interessar por mim se me visse vestida desse jeito. Pelo menos tia Jo é melhor nos presentes. Dinheiro, é disso que eu gosto. Minha mãe achou que ela foi muito generosa, pois parece que anda passando dificuldades na Alemanha.

11 de janeiro

Esqueci qual o dever de casa para amanhã. Telefonei para todas as minhas colegas. O pânico só faz piorar as coisas. Todas já fizeram. Kate e Sita até já saíram para olhar as lojas. Elas nunca me chamam. Não consigo ser igual a elas, mas minha mãe disse que ia me ajudar. Aliás, Mary me contou que o John vai desmanchar o namoro com Kate. Diz que ela é uma "medrosa". Tenho que falar com ele.

Lista de presentes de aniversário que vou deixar por aí para todo mundo ver.

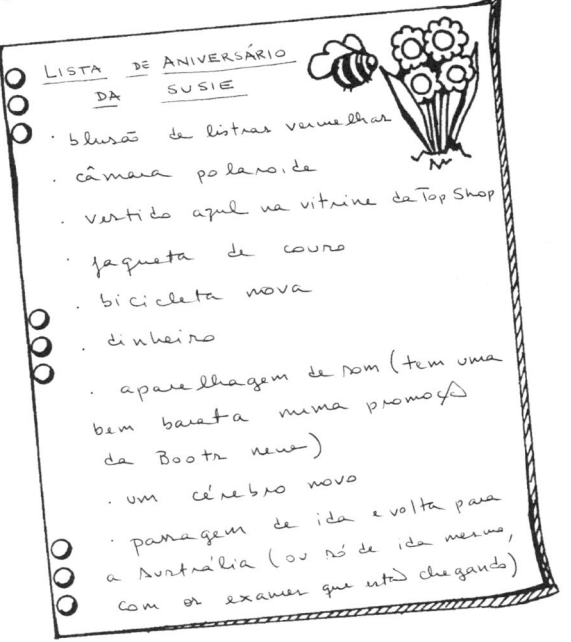

12 de janeiro

Pete é um saco. Fez o maior escândalo só porque usei o resto do seu creme para espinhas. Diz que precisa mais do que eu. Respondi que homens com espinha na cara são ótimos, como Brian Adams. Notei que Pete tinha um esfolado na bochecha, no meio das espinhas. Ficou furioso por eu ter percebido. Ele e Sam andaram passeando juntos na motocicleta nova de Sam e acabaram derrapando para cima de uma cerca. Felizmente estavam usando capacete e a motocicleta só ficou um pouco amassada. Pete disse que ia me matar se eu contasse para minha mãe e meu pai. Mais material para futuras chantagens.

13 de janeiro

A senhora Smith, que mora aqui ao lado, está me dando umas dicas para eu me organizar nos estudos. Ela já foi professora. Nessa semana vamos nos concentrar em:

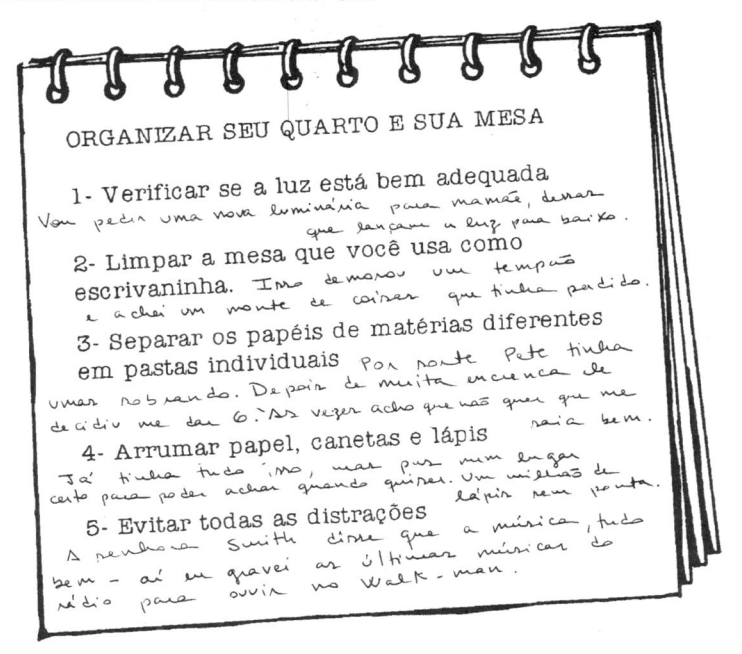

ORGANIZAR SEU QUARTO E SUA MESA

1- Verificar se a luz está bem adequada
Vou pedir uma nova luminária para mamãe, dessas que lançam a luz para baixo.

2- Limpar a mesa que você usa como escrivaninha. *Isso demorou um tempão e achei um monte de coisas que tinha perdido.*

3- Separar os papéis de matérias diferentes em pastas individuais *Por norte Pete tinha umas sobrando. Depois de muita encrenca ele decidiu me dar 6. Às vezes acho que não quer que me saia bem.*

4- Arrumar papel, canetas e lápis *Já tinha tudo isso, mas pus num lugar certo para poder achar quando quiser. Um milhão de lápis sem ponta.*

5- Evitar todas as distrações *A senhora Smith disse que a música, tudo bem — aí eu gravei as últimas músicas do rádio para ouvir no Walk-man.*

Não dá para acreditar. Mark (agora ele caiu para nota 1) está saindo com uma menina da terceira série, o sequestrador de criancinhas. Ela não só é feia e sem o menor sinal de peitos como também é burra. Ele não tem gosto, e por isso não me interesso por ele. Ficar mais velha e fazer aniversário faz a gente se sentir sem graça quando lembra as coisas que fez com 13 e 14 anos. Especialmente quando leio meus diários. Nem acredito nas coisas que escrevi. Fico arrasada com as roupas que eu vestia, os meninos por quem me interessava e quem era meu ídolo. Comecei a pensar (argh): será que quando tiver com 18 ou 19 anos vou ficar horrorizada com o que sou hoje?

Capítulo 3
A MARAVILHA DOS DEZESSEIS ANOS, E NUNCA TER...

14 de janeiro
MEU ANIVERSÁRIO!

MEU ANIVERSÁRIO!!

MEU ANIVERSÁRIO!!!

MEU ANIVERSÁRIO!!!!

Que bom não ir ao colégio no dia do meu aniversário. Tinha certeza de que ninguém ia lembrar. As primeiras palavras de Pete para mim foram:

— Só porque você chegou à idade em que algumas coisas são permitidas não quer dizer que pode sair por aí dizendo *sim* para todo mundo.

Sam não vai lembrar. Ele ainda está saindo com a Joanna. Finjo que não ligo, porque na verdade gosto dela, mas isso me deixa arrasada. Acho que ninguém gosta de mim. E ninguém lembra um aniversário que vem perto do Natal. Meus pais podiam ter pensado um pouco mais sobre isso quando decidiram que eu ia nascer.

A maior parte do tempo, minha mãe é um gênio da chateação, reclama, reclama, reclama — mas às vezes é maravilhosa. Organizou para mim uma festa surpresa na hora do lanche. Kate, Sita e Emma vieram. Por que Pete não podia convidar o Sam? Em vez disso convidou Randy Jo. Até a Sally veio, escapulindo do trabalho. Aposto que ela vai ser demitida. Uma pena ela não morar mais aqui em casa.

MEUS PRESENTES:

Mamãe: bermudas, camisa de malha listrada (segundo Pete, um modelo de Mary Poppins) e um pôster de James Dean — lindo.

Papai: uma bicicleta de segunda mão em lugar da que foi roubada no mês passado. (Não ficou surpreso por eu andar na dele. Eu adoraria uma nova — essa está boa, mas o pneu vai furar logo.) Ele me deu também um capacete protetor que eu **não** quero.

Pete: esqueceu (ele me deve oito aniversários e seis natais).

Sally: protetor para as orelhas, estojo de maquiagem e me convidou para ir ao bar. Mas nenhuma bebida alcoólica ainda (acho que mamãe não ia aprovar).

Kate: uma fita de Percy Sledge que ela mesma gravou. Acho que ela gosta disso mais do que eu.

Emma: chocolates e dois brochezinhos em forma de gato. Uma doçura.

Sita: um lindo cachecol de seda.

Randy Jo: esqueceu (mas suspeito ter sido ele que contribui com dois peidos durante o lanche).

Bovril: acho que ela andou por aí de novo, e assim vai ter mais filhotes.

16 de janeiro

Carta de Charlotte, que estudava na minha sala — era da nossa turma. Competíamos na corrida, até que seu pai arrumou um emprego em Birmingham.

Minha resposta!

Que descaramento. Sua carta veio datada do dia 14 de janeiro. Repito, 14. O que acontece nesse esplêndido dia? Sim, é Feriado Mundial, em outras palavras é aniversário da Susie. Então abri sua carta esperando... uma caixa de chocolates? Um cheque de um milhão de libras? Ou quem sabe (soluço) um cartãozinho de aniversário? Mas o que achei? Uma droga de uma carta comum, sem nenhuma mensagem de feliz aniversário. Nenhum presente. Nenhum cumprimento. Nada a não ser notícias de VOCÊ e como você está muito mais feliz aí onde seu pai conseguiu um emprego! Chega de reclamar. Na verdade adorei a carta, e ADORO receber cartas, mesmo quando não consigo entender sua letra. Não acho que é culpa minha se sou disléxica, nem culpa sua se você é disgráfica, mas sim de nossos pais ou do colégio.

Com amor, da sua amiga muito crescida, Susie.

17 de janeiro

Pete é patético. Um resfriadinho à toa e já acha que está morrendo. Funga, funga, funga. Mas logo que mamãe falou que havia chegado uma carta para ele, pulou da cama e correu para baixo. A carta era da biblioteca — cinco livros atrasados há um mês. Quase rolei a escada de tanto rir. Pete diz que sou uma pessoa essencialmente sem sentimentos e que nunca acredito quando ele diz que está doente; e

que se eu quero que os outros tenham pena de mim quando eu ficar doente, é melhor não contar com ele. Respondi que todo mundo fica resfriado e ninguém fica sabendo de nada. Ninguém, a não ser, é claro, o Doutor Pete Payne (o Super Médico Sabe-Tudo). Mesmo tendo faltado ao colégio, ele não desperdiçou seu tempo. Escreveu um artigo para o jornal do colégio, onde tem uma coluna semanal sobre saúde. Esta semana o assunto é o seu próprio problema: o resfriado. Semana que vem vai ser alergia, depois problemas de pele, asma, dor de cabeça, contracepção, vômitos e diarreias. Pediu que eu escrevesse a matéria sobre contracepção porque acha que tenho que aprender alguma coisa sobre isso, agora que tenho 16 anos. Deu para eu ler seu artigo sobre o resfriado e tomar como exemplo do tipo de coisa que quer que eu escreva.

RESFRIADOS, TOSSE E VITAMINA C

Em geral, a gente pega de um a cinco resfriados por ano. São causados por um vírus chamado Rhino Virus (Rino significa nariz ou narinas, como o rinoceronte, cujo nome deriva do chifre no nariz). Há mais de cem tipos diferentes de Rhino Virus, e as defesas de nosso corpo não são particularmente eficazes na produção de anticorpos para estes vírus; desse modo, podemos pegar resfriados um depois do outro.

Os cientistas criaram um "Laboratório de Pesquisas do Resfriado", onde as pessoas ganham para trabalhar nos feriados. Mas nem por isso vai um monte de gente correndo para lá, porque nesse lugar é preciso fazer certas coisas bem esquisitas. Alguns voluntários, resfriados, tiveram que usar uma espécie de colarinho de papelão de quase meio metro no pescoço e talas nos braços, tudo para impedir que encostassem a mão no nariz e na boca. Passaram um dia inteiro jogando cartas com outros sujeitos que não estavam resfriados. Essa experiência provou que o resfriado é contagioso, pois quem estava bom acabou pegando resfriado. O vírus se espalha no ar por meio de tosse e espirros (o ar de um espirro pode sair do nariz a uma velocidade de mais de 160 quilômetros por hora), e bem menos pelos dedos que a gente mete no nariz. (Mesmo assim, não se deve fazer isso, pelo menos quando os amigos estiverem olhando. Acho que é um hábito desagradável meter o dedo no nariz, e especialmente pôr depois na boca, mesmo que o gosto seja bom.)

Por outro lado (Pete precisa fazer uma lista de voluntários para repetir essa experiência), um grupo de nove pessoas com resfriado passou um minuto e meio beijando outras pessoas sem resfriado. Surpreendentemente, apenas uma das pessoas beijadas pegou resfriado. (Não, eles também acham que não se pega AIDS beijando.)

E por que todo mundo fica com o nariz escorrendo e pingando quando está resfriado? Bem, existem pequeninas glândulas no nariz que produzem pequenas quantidades de um fluido pegajoso ao lado dos pelos internos do nariz (sim, todos nós temos isso), e que servem como filtro para a poeira e outras coisas ruins, impedindo que isso tudo chegue aos pulmões. Quando os vírus invadem o nariz, as glândulas incham, ficam irritadas e produzem mais muco.

Quer dizer que o frio torna a pessoa mais suscetível de pegar o vírus? Muita gente acha que sim, mas provavelmente isso é um engano. Para descobrir, mandaram umas pessoas se enfiarem dentro de tinas cheias de água fria e tomar também longos banhos de água gelada. Nada disso serviu para deixar as pessoas mais suscetíveis ao vírus do resfriado.

Linus Pauling, que ganhou um prêmio Nobel da Paz e outro de Química, afirma que tomar vitamina C evita que a pessoa pegue resfriado. Isso tem sido experimentado por muita gente, mas até agora as experiências não comprovaram nada.

Os antibióticos não são bons para o resfriado. Só servem para matar as bactérias, não os vírus; é um vírus, e não uma bactéria, que provoca o resfriado. O bom senso ou senso comum (é isso que espero que todos tenhamos em comum) basta para mostrar que o melhor modo de prevenir resfriados é assoar o nariz em lenços de papel e jogá-los fora. (De preferência, nunca usar o lenço de pano que sua namorada vai usar depois para chorar.) Se você pegar um resfriado, tem que ficar com ele até que se acabe sozinho.

Milhões e milhões de libras entram para os cofres das empresas farmacêuticas que vendem remédios para resfriado; e nenhum desses remédios na verdade pode curar um resfriado, embora alguns possam deixar a pessoa se sentindo um pouco melhor. A gente pode economizar um bom dinheiro deixando tudo isso de lado e comprando apenas o bom e velho tylenol, que tem paracetamol (é o que o médico de minha família me recomendou), tomando bebidas quentes e tentando que alguém lhe dê um pouco de atenção e afeto (com a minha irmã não adianta nem tentar).

Nunca vou perdoar o Pete — contar para o colégio todo. Derramei sua xícara de café em cima dele, que ficou com umas manchas novas feito cogumelos na cara, e gritei que era ele mesmo que tinha dito que isso não ia fazer diferença alguma para o seu resfriado — quer dizer, ficar molhado ou tomar antibióticos. Meu pai ficou furioso, porque fez uma grande diferença para o tapete.

Mas na verdade fiquei interessada pelo que ele escreveu a respeito da vitamina C. Falamos disso no colégio e pensei que fosse só para curar um troço chamado "escorbuto", que é quando as gengivas sangram e os dentes caem. A senhora Smellie falou que fizeram uma experiência com marinheiros com escorbuto no século dezoito. Dividiram os marinheiros em grupos e deram sidra, ácido sulfúrico, vinagre, água do mar, mostarda, duas laranjas e dois limões para uns, e só a comida normal de um navio para outros. Era uma aula sobre "controle" e a pergunta era se isso seria uma "experiência controlada". Respondi que não — mas Pete disse que eu errei: a comida normal de um navio era o "controle". Explicou que só mantendo um grupo de marinheiros sem ingerir nada fora do comum é que seria possível garantir que eles não teriam se curado sozinhos, só com o passar do tempo. De um jeito ou do outro, a experiência provou que os marinheiros que comeram laranjas e limões melhoraram, e os outros não. Só cem anos mais tarde foram descobrir que era a vitamina C das laranjas e dos limões que curava o escorbuto. Talvez daqui a cem anos também deem razão a Linus Pauling.

18 de janeiro
Exames simulados começaram: sem comentários.

19 de janeiro
Mamãe teve um pesadelo: os bibliotecários da biblioteca do bairro estavam todos atrás dela, e dispostos a matar. Sonhou que estavam escondidos e armados em cada janela e porta da casa, não tinha como escapar. Repetiam: "devolva os livros, devolva os livros" e "pague as multas, pague as multas". Nada de aulas na autoescola até que Pete devolva os livros. Mamãe acha muito ruim prejudicar as outras pessoas que querem ler os livros. Pete disse que ia devolver os livros, tudo bem, mas que essa história de interpretar os sonhos era bobagem. Ele teve um sonho em que era perseguido nu, montado num cavalo em chamas, ao longo de um corredor muito comprido e cheio de gente.

Isso quase me deixa convencida de que os sonhos são uma espécie de mensagem. Às vezes sonho com um carro de bombeiros quan-

do acordo com a campainha do despertador. Ninguém sabe se os sonhos são só um tipo de mecanismo coletor de lixo para pensamentos indesejáveis, ou se são mesmo cheios de significado. Um dos livros que Pete não devolveu é sobre interpretação dos sonhos. Ele andou por aí aberto bem na página certa, de modo que Pete deve ter lido o seguinte:

Ser perseguido — o sonhador quer fugir de alguém. O perseguidor pode representar também algum aspecto da pessoa que sonha e que lhe é desagradável.

Cavalgar — um óbvio símbolo sexual, embora envolva tanto medo quanto desejo sexual.

Nudez — dependendo das circunstâncias, e do fato de a pessoa que sonha se sentir envergonhada, ou das pessoas em volta perceberem ou não, pode significar inferioridade, inadaptação ou desejo de ser diferente.

Fogo — significa paixão e perigo, e, muitas vezes, que os pensamentos sobre sexo estão produzindo dificuldades.

Corredor — o sentimento de que se deseja voltar ao ventre materno e à segurança que isso representa.

Se tudo isso for verdade, Pete anda com problemas. Mas me parece que a gente pode interpretar os sonhos do jeito que quiser, como as estrelas também.

23 de janeiro

Louise andou estudando arte, mas agora acho que parou. Deve ter mudado de ideia quando a professora de arte, a senhora Saicops, crucificou a pobre Louise na parede com suas críticas. Às vezes os professores são bem cruéis. Ela disse que alguns alunos eram aplicados mas não tinham nenhum talento, e mesmo assim iam aproveitar bem o curso. Mas que Louise não tinha nem talento nem era aplicada. Acho isso uma sujeira, e nem sequer é verdade. É tudo pura safadeza, só porque a senhora Saicops não gosta de Louise. Esses professores não entendem nada de psicologia. Se alguém me diz que sou ruim em alguma coisa, fico louca de raiva, e aí é que eu fico mesmo ruim nessa coisa, só para me ajustar ao que o professor acha. Louise ficou tão abalada que chorou.

Capítulo 4
ESCREVER DIREITO E OS DIREITOS DOS ANIMAIS

27 de janeiro

O pai de Louise foi pôr em pratos limpos essa história com a professora de artes. Ainda bem que não foi o meu pai. Eu ia ficar um bocado sem graça. Mas deu certo. A senhora Saicops elogiou o último desenho dela. Nojenta.

Papai não entende a matemática moderna. Nem eu. Ele ficou me fazendo perguntas enquanto os amigos de Pete iam chegando para assistir juntos ao grande jogo. Mark e Sam vieram com Randy Jo. Papai falava, mas eu nem ouvia, e ele acabou indo embora. Mudei de roupa e vesti meu blusão novo listrado. É um pouco colante demais, e então troquei de roupa de novo. Não consigo me imaginar vestindo isso em público, apesar de minha mãe viver reclamando que eu nunca visto esse blusão. Futebol é uma chatice. Não sei quem é quem nessa correria. Pensei que estava torcendo pelo time do Sam, mas me enganei. Fiz alguns comentários sobre Joanna, nem todos bons, nem todos maus.

Uma vantagem de um irmão mais velho é ele ter tantos amigos.

29 de janeiro
Os exames simulados acabaram. Ainda, sem comentários.

3 de fevereiro
Novas observações da senhora Smith a respeito de meus planos de organizar os estudos. Quero ver televisão: tem um ótimo programa sobre como as cobras se reproduzem. Acho que não vai dar. Preciso estudar.

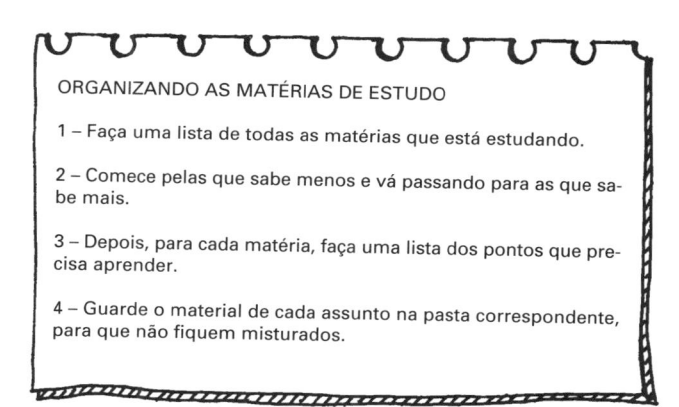

ORGANIZANDO AS MATÉRIAS DE ESTUDO

1 – Faça uma lista de todas as matérias que está estudando.

2 – Comece pelas que sabe menos e vá passando para as que sabe mais.

3 – Depois, para cada matéria, faça uma lista dos pontos que precisa aprender.

4 – Guarde o material de cada assunto na pasta correspondente, para que não fiquem misturados.

Infelizmente acho que na minha lista tudo deve vir em primeiro lugar. Agora estou conseguindo controlar o pânico. Assim, lá vai:

FRANCÊS (horror)
BIOLOGIA (muitos fatos para aprender)
FÍSICA (bonito, mas difícil e péssimo professor)
MATEMÁTICA (sem comentário)
INGLÊS (mais ou menos bem)
LITERATURA INGLESA (bem)
HISTÓRIA (muito bem)

Estou cheia dessa história de estudar. Deve haver algo mais na vida. Mas a senhora Smith disse: "quanto mais fizer hoje, menos vai precisar fazer amanhã". E estudar vai me deixar menos ansiosa também.

Não consigo achar meu livro de Francês. Na verdade nem procurei direito. Minha lista de biologia ficou assim:

> Classes dos seres vivos, bactérias e vírus, fungos, alimentos e alimentação.
>
> Nutrição das plantas, nutrição dos animais, absorção da água, sistema linfático e sanguíneo, respiração, excreção.
>
> Regulagem da temperatura, sensibilidade, coordenação e resposta, postura e locomoção. Reprodução: plantas e seres humanos, genes, evolução, ecologia.

Não parece tão ruim assim escrito. Dezoito tópicos, digamos duas horas para cada um. Quase parece possível.

4 de fevereiro

Queria uma festa de dia dos namorados. Não tem a menor chance de mamãe concordar. Não depois da festa de Sally, há cinco anos, quando ela foi embora! Como mamãe consegue? Ela sempre sabe quando estou mentindo, como no caso do boletim do colégio. Ela perguntou se eu e Kate estivemos fumando no meu quarto. Eu disse:

— Claro que não, mãe. Por que está sempre me perseguindo? Você sabe que nunca fumo.

E assim por diante.

— Não minta para mim. Eu sei que fumou, não foi?

— Não, eu juro, mãe. Não fui eu.

Deve ser o jeito de eu falar, ou talvez o cheiro. Ela tem um nariz tremendo para fogo. Basta a gente acender um fósforo e, tcham! Ela aparece logo.

Tenho certeza de que vou morrer de tédio antes que o câncer do pulmão me mate. A mesma velha história. Sei que estou errada, ela nem precisa me dizer. E não adianta ficar repetindo para mim que "o número de pessoas que morrem em consequência do fumo é equivalente à queda de um jumbo todo dia. Não é só câncer no pulmão que o fumo causa, mas também doenças cardíacas e bronquite. E uma vez que a gente começa, fica mais difícil parar". Não estou interessada no que vai acontecer comigo quando ficar velha e acabada, daqui a cinquenta anos. Em todo caso, só fumo raramente e não estou ficando viciada, e nem sonharia em fumar se estivesse grávida. Não quero de jeito nenhum prejudicar meu bebê. (Mas vão passar séculos antes que eu fique grávida.)

5 de fevereiro

Pete quer Bovril para fazer uma experiência com animais. Ele viu aquele programa de tevê sobre uma coisa que liga as duas partes do cérebro e que determina nossas preferências sexuais. Como Bovril está sempre saindo com os gatos, ele acha que ela seria a cobaia ideal para a experiência e para ele espiar lá dentro do cérebro dela. Mas pode não haver nada lá, no final, por mais que sua barriga esteja cheia de filhotes.

Acho crueldade fazer experiências com animais, especialmente com Bovril. Afinal, ela deve ter sentimentos também. Discuti o assunto com Bovril, que não ajudou muito. Uma vez ingressei num movimento contra experiências com animais, numa fase de minha vida em que me preocupei com os "direitos dos animais", quando tinha 14 anos. Afirmavam que não havia razão para testar drogas nos bichos, porque os seres humanos são diferentes deles; e certas drogas testadas em animais provaram ser nocivas para os humanos. É como essa história de usar os bichos para testar e produzir cosméticos, de modo que a gente pudesse ficar linda. Na verdade, nada pode me deixar linda mesmo.

É tão irritante discutir com Pete. Sei que alguns de meus argumentos são corretos, mas as palavras não vêm na hora certa. Ele disse que minha argumentação estava pela metade. Têm havido experiências com drogas em animais que estão salvando *muitas* vidas. Experiências com animais foram essenciais para desenvolver a vacina que extinguiu a varíola do mundo. Também a penicilina, a insulina (remédio usado pelos diabéticos) e remédios usados para curar a leucemia em crianças. Ele tinha mais um monte de exemplos, mas eu nem quis ouvir. Pete me convenceu de que, se uma experiência é feita com cuidado, de modo a que o animal sofra o mínimo possível, então está tudo bem. Concordamos que tacar fogo na casa das pessoas só porque se envolveram em experiências com bichos era maluquice, e também que é muito desagradável uma garota lambuzar a cara com produtos extraídos de animais.

No cabeleireiro perguntei se o troço que passavam no meu cabelo tinha sido testado em animais. A mulher respondeu que tinha passado o mesmo xampu no seu gato e deu tudo certo. Não era bem isso o que eu quis dizer. Pode ter dado certo com o gato, mas eu fiquei horrível. Mamãe perguntou por que eu não escovei o cabelo hoje.

8 de fevereiro

Finalmente minha correspondente francesa me escreveu. Não que tenha dito muita coisa. Tudo muito formal. Tudo o que disse foi: "Obrigado pela sua carta. Vou contar tudo a meu respeito quando você vier a Paris. Espero ver você muito breve. Marie Cerveau". Em francês. Consegui traduzir com a ajuda de meu dicionário (achei no quarto do Pete). Gozado, eu era boa para traduzir francês quando estava na França, há dois anos.

Finalmente um presente de aniversário do Pete: um coelho branco com olhos cor-de-rosa. Quem lhe deu foi o Sam, que tinha ganhado do pai, que salvou o bichinho de alguma experiência. Pensei em dar a ele o nome de "Sam", mas resolvi que seria "Vermelho". Mamãe ficou uma fera. Disse que ela é que ia ter de dar comida e limpar o coelho e cuidar dele quando ficasse doente. Na verdade não gostei tanto assim dele não. Não me liguei muito nos seus patéticos olhos cor-de-rosa.

9 de fevereiro

NINGUÉM, NINGUÉM notou meu novo corte de cabelo. É o que valem 14 libras e os meus amigos.

Comecei a rever o ponto BACTÉRIA E VÍRUS. Para me ajudar a lembrar, fiz um monte de anotações e espalhei pela casa toda, em cima da cama, no banheiro, atrás da porta da sala.

> RUBÉOLA
>
> 1) Também conhecida como "sarampão"
> 2) Provocada por vírus
> 3) Inofensiva para quem pega
> 4) Muito perigosa para os bebês ainda durante a gestação
> 5) Pode ser evitada por meio de vacina contra o vírus
> 6) Todas as garotas deviam ser vacinadas
>
> GONORREIA
>
> 1) Provocada por uma bactéria chamada gonococo
> 2) Causa uma secreção amarela no pênis e na vagina
> 3) Pode deixar a pessoa estéril
> 4) Fácil de tratar com penicilina
> 5) Muito comum em homens e mulheres
> 6) O uso de preservativo reduz a possibilidade de pegar

Pete recortou e pregou em cima disso um anúncio de jornal que dizia: "Se você acha que pegou uma doença transmissível sexualmente, o telefone do posto médico especial é...". Mamãe virou bicho. Pedacinhos de papel com os verbos franceses espalhados pela casa toda é uma coisa, mas anotações sobre doenças transmitidas sexualmente é outra bem diferente. Ela não quer ver sua casa transformada num banheiro público, "não, muito obrigado". Não consigo entender: eu estava só revendo a matéria.

Pete está no livro negro da mamãe outra vez. Faltou à aula na autoescola na noite passada, a última antes do exame. Tentei melhorar um pouco as coisas, lembrando a ela quantas vidas se salvaram naquela noite. Pete não achou graça. Acha que estou brincando, mas enquanto ele está lá aprendendo a dirigir, eu uso o mais perigoso e mais eficiente meio de transporte conhecido: minha bicicleta. Eu me lembro do dia em que Pete sofreu um acidente, há alguns anos atrás. Ouviu um longo sermão do médico sobre as 300 pessoas que morrem por ano e as 30.000 que se machucam em bicicletas todos os anos, e também que acidentes de motocicleta e bicicleta são as causas de morte mais comuns entre os jovens. Ele nunca usa capacete protetor, nem eu também, mas ambos sabemos que é errado. Eu ia ficar parecendo uma espécie de formiga do espaço com aquela bolha branca na cabeça, o capacete que meu pai me deu de aniversário. Acho burrice não haver uma lei sobre isso. Assim eu seria obrigada a usar, e todo mundo também. Aí todo mundo ia parecer formiga do espaço do mesmo jeito e ninguém ia se importar.

10 de fevereiro
Hoje tirei meu passaporte no correio. Fotografia pavorosa. Fiquei parecendo meu pai. Agora já sei que não fui adotada. Que jeito de descobrir a verdade.

O diário de Susie

Capítulo 5
CORAÇÕES PARTIDOS E PAIS SEPARADOS

12 de fevereiro

Pete foi reprovado no exame de motorista. Seu ego ficou ferido, sobretudo porque Sam foi aprovado.

Estamos à beira de uma invasão alemã. Tio Geoff, que é casado com tia Jo (irmã da minha mãe, mas não é a cheirosa), foi embora com "outra mulher". Tia Jo não aguenta mais viver sozinha, e aí vem passar uns tempos aqui para mamãe lhe dar um apoio. Não sei por que alguém ia querer ir embora com um alcoólatra de cabelo todo arrepiado, baixinho e motorista de tanque no exército, como é o tio Geoff. Tem que ser uma mulher ainda mais desesperada que eu, embora Pete ache que eu não vá ter dificuldade com namorados. Existem hoje 3% mais rapazes do que moças, e no ano 2025 vai haver 105 homens para cada 100 mulheres. Se papai fosse embora com outra mulher, Pete acha que ia tentar convencer o papai a voltar para casa.

Não é justo. Vou ter que dividir meu quarto com minha prima Daisy. Sei que o nome Susie não é grande coisa, mas "Daisy"! Daisy era uma tagarela de nove anos na última vez em que a vi. Odiei-a e também a seu irmão Paul, de cinco anos, que fazia xixi na cama. Eu sempre notava, porque ele acordava com um pijama de cor diferente do que tinha ido dormir. Mamãe diz que isso acontecia porque sua bexiga ainda não estava amadurecida. E o resto dele também, posso garantir. O que funcionava bem no pirralho era um tipo de alarme que disparava e sempre fazia ele acordar quando fazia xixi na cama. Costumava contar ao Pete que tinha sonhado que estava com vontade de fazer xixi, e aí acordava e via que estava todo molhado. Dei o troco na minha mãe, que sempre reclama de não poder usar o telefone. Ela anda falando com sua irmã na Alemanha o tempo todo. Uma hora tio Geoff vai embora, outra hora ele volta.

Eu não ia aguentar se meus pais se separassem. Mas acho que a gente nunca pode saber. Tenho certeza de que nunca vou me divorciar. Na verdade, duvido que eu vá ter essa chance. Se *de fato* acontecesse isso com meus pais, acho que eu não ia ser capaz de falar no assunto. O mais difícil seria decidir com qual deles eu ia ficar. Não ia querer magoar nenhum dos dois e nem ia querer que pensassem que gosto mais de um que do outro. Seria especialmente chato nas festas de Natal e coisas assim: ter que escolher. Outras coisas podiam ser melhores, como por exemplo conseguir duas vezes mais dinheiro trocado. Podia também ficar com o papai quando quisesse ficar acordada até tarde e não quisesse ser pressionada para estudar, e ficar com a mamãe quando quisesse arranjar dinheiro para comprar roupas. (Papai ainda não conseguiu entender porque eu não posso usar as roupas velhas de Sally. Não dá para esperar que ele entenda nada de moda com aquele terno super antigo que mamãe deu para ele nem sei quando.)

Os pais de Kate se divorciaram quando ela tinha quatro anos. Ela não conseguia entender porque seu pai foi embora. Na verdade, nunca o perdoou pelo que ele fez com sua mãe. Foi terrível. Ficou vivendo com a mãe, só com o dinheiro do seguro social, sempre muito pouco dinheiro. Ela acha que as pessoas não entendem como isso é ruim para as crianças. São tratadas só como números de uma estatística. Um em cada três casamentos termina em divórcio. Foi só há pouco tempo, quando andou fazendo umas besteiras no colégio, que ela sentiu como precisava de um pai a seu lado.

13 de fevereiro

Sem vontade de escrever nada. Estou MORTA DE RAIVA.

14 de fevereiro

DIA DOS NAMORADOS. NEM FESTA, NEM CARTÕES, NEM FLORES. (Pete me prometeu qualquer coisa. Pelo menos espero que se lembre, e ele sabe que ando desesperada.) Meu dia dos namorados foi tão romântico quanto um dia de visita à tia Pam.

Pete recebeu três cartões e ficou balançando eles debaixo do meu nariz quando cheguei em casa. Perguntei de onde vinha todo esse seu charme fatal, com aquele fundo de garrafa na cara. Eu nunca vi nada de mais no Pete. Na certa ele mesmo escreveu os três cartões. Choraminguei com mamãe dizendo que queria uma festa, e ela se sensibilizou. Acho que está ficando mole.

15 de fevereiro

Dois cartões de dia dos namorados! Um está na cara que é da mamãe. Adivinhei pelo sorriso inocente na sua cara e o jeito que exclamou:

— Só queria saber de quem será!

E o papai também:

— Mas quem é esse admirador secreto?

O outro, queria que fosse do Sam, tomara que seja do Sam, tem que ser do Sam. Sam, Sam, é você?

16 de fevereiro

Era do Sam. Pete mandou que ele fizesse isso. Estou completamente sem graça.

19 de fevereiro

Uma semana sem aulas.

20 de fevereiro

Daisy e seu irmão Paul chegam amanhã. Argh. Que jeito de passar a semana de folga do colégio. Sermão da mamãe sobre como é importante ser delicada com a "pobre Daisy". Sermão do Pete dizendo que as meninas são mais burras que os meninos, porque hoje em dia são elas que fumam mais.

21 de fevereiro

Estou escrevendo sentada na privada do banheiro. Não existe outro local privado na casa. Daisy não me pareceu muito abalada. Só quis saber de ficar comentando tudo que tinha no meu quarto.

22 de fevereiro

Daisy é um saco. Deve ser horrível para ela também, mas é muito pior ter que ser gentil o tempo todo com alguém que a gente não gosta. Ela não melhorou com os anos. Tia Jo é muito legal. Ficou no quarto que era de Sally. Que pena que seja tão pequeno. Daisy e aquela coisa que chama de irmão devem ter herdado os genes PPP do pai (petulante, pateta, protoplásmico). Meu estudo de biologia não foi em vão. Tirei conceito A⁻ no teste sobre bactéria. Paul está dormindo no quarto de Pete. Pete não ficou nada satisfeito, especialmente porque Paul fez xixi na cama na noite passada. Acordou e virou o colchão para tentar esconder. Só não deu para esconder o cheiro.

Segundo mamãe, o costume de Paul fazer xixi na cama voltou quando tio Geoff saiu de casa. Isso não convenceu o Pete, que disse que ia para casa de Sam se essa história continuasse. Eu me ofereci para ir no lugar dele. Pete disse que de jeito nenhum Sam ia se interessar pelo MEU corpo. Mamãe disse que esperava que ele não se interessasse de jeito nenhum pelo corpo de Pete. Pete não achou engraçado. Parece que perdeu o senso de humor. Talvez ande deprimido — Brenda não se mostra lá muito interessada pelo seu charme, além da má impressão que ficou por causa da reprovação no exame de motorista. Gosta de brincadeira, contanto que o alvo não seja ele. Quando mamãe lhe perguntou se queria alguma coisa de Sainsbury, ele respondeu:

— Quero sim. Um pouco de sanidade mental, por favor.

Bovril é a única que entende o que sinto por S. Se meus pais se separassem, eu levava Bovril para onde quer que eu fosse.

23 de fevereiro

É como nos velhos tempos. Charlotte veio de Birmingham passar o dia aqui. Também é período de folga no colégio dela. Bom encontrar com ela e pôr as novidades em dia. No início foi um pouquinho esquisito, a gente teve que conferir se uma e outra éramos ainda as mesmas pessoas de antes. Por sorte ela parece ter se dado bem com Daisy. Queria saber se Daisy sentia falta dos amigos, especialmente nos períodos de folga, após as provas. Daisy disse que sim, mas que ia ser difícil explicar para eles o que tinha acontecido, mesmo que muitos dos pais deles tivessem também se divorciado. Eles se mudaram muito de um lugar para o outro por causa do pai, que é do exército, e com isso fica difícil fazer amizades que durem. Mas na Alemanha, onde seu pai agora estava servindo, era tudo muito parecido com a Inglaterra, as mesmas lojas e tudo o mais. Todo mundo falava inglês.

Seu pai era muito exigente quando estava em casa, mas agora não está mais. Daisy tem certeza de que sua mãe só se casou com ele porque estava grávida. Às vezes chega a duvidar de que ele seja mesmo seu pai. Agora ele foi embora com a melhor amiga da mãe de Daisy, e Daisy está contente por ter ficado com a mãe. Contou que seus pais discutiam o tempo todo e de certo modo achava bom que o pai tenha ido embora, mas tem certeza de que sua mãe sente falta dele. Daisy ficou muito aborrecida com a mãe e o pai por não terem contado nem a ela nem ao Paul o que estava acontecendo.

COMO ORGANIZAR UMA FESTA

* Limite o número de participantes, determinando que a festa é só para convidados. Se puder, faça convites impressos, ainda que com material barato. Mas cuidado para que não sejam fáceis de falsificar.

* Tire tudo da sala, quadros, bibelôs etc. Se alguma coisa pode se quebrar, será quebrada. Acostume-se à ideia de que a casa, depois da festa, ficará uma ruína. Pontas de cigarro em todo canto, assim como alças de latas de cerveja e as próprias latas vazias também. Até seis meses mais tarde ainda será possível encontrar garrafas de uísque pela metade enfiadas por trás do forro das costas do sofá. Reserve o dia seguinte inteiro para limpeza, e não apenas algumas horinhas da manhã. Tente conseguir alguns colaboradores dispostos a trabalhar pesado na limpeza, mas restrinja-se àqueles que são de fato úteis.

* Pague dois rapazes bons de briga para ficar bebendo só leite a noite toda e manter afastados os penetras. (Penetras são a pior ameaça. Seus amigos pelo menos vão sentir um pouco de vergonha por quebrar as coisas, mas os penetras não sentem vergonha nenhuma.) Faça os dois leões de chácara porem para fora os bêbados antes que vomitem por toda parte. Tenha na reserva o seu pai ou algum outro adulto em sua casa (mas não na festa) para ajudar no caso de as coisas saírem do controle.

* Nunca, nunca deixe alguma bebida dos seus pais na geladeira ou em qualquer outro lugar: acabará sendo roubada. É muito chato ter que revistar as pessoas quando entram, para ver se não estão trazendo escondida alguma bebida mais forte. Portanto peça a todos que não tragam. Faça com que todo mundo se restrinja à cerveja e ao vinho. Tente obter ajuda financeira dos pais e amigos. O vinho é preferível, e misturar bebidas tem consequências desastrosas. Nunca prepare um ponche: as pessoas vão acabar misturando tudo ali dentro e você vai acabar tendo que contratar ambulâncias, além dos leões de chácara.

O diário de Susie

* Tenha muita comida. Ajuda a diminuir o efeito do álcool, mas muita gente vai ter comido antes de chegar. Sirva comidas que não façam muita sujeira. Tudo deve ficar sempre bem disponível: copos, pratos etc. Deixe muitos sacos de lixo espalhados pela casa.

* Se sentir cheiro de maconha, mande os fumante para fora, para território neutro, e só permita que voltem quando tiverem parado de fumar (assim pelo menos você fica livre da polícia). Tente fazer que coisas diferentes estejam sempre acontecendo em cada quarto: música, vídeos, dança, conversa. Música é importante, portanto deve ser muito boa.

* Lembre-se: como anfitriã, você vai ter um bocado de trabalho durante sua festa, mas é um investimento a longo prazo. Um breve período de inferno em troca de muitos e muitos convites para as festas dos outros.

24 de fevereiro

Daisy também tem um diário! Viu que eu estava escrevendo no meu (me esqueci de trancar a porta do banheiro quando fui fazer xixi e escrever). Talvez eu tenha um pouco de sossego quando for para Paris.

Grande erro! Dei para mamãe um troço que achei numa revista que a tia Jo comprou, uma matéria sobre "Como organizar uma festa". Quero manter o clima.

Mamãe leu e disse:

— Vou pensar a respeito.

Eu sei muito bem que "vou pensar a respeito" é igual a "não".

25 de fevereiro

Pete quer bancar o bonzinho, sentimental. Está querendo impressionar, mas quem se importa? Perguntou por que eu não ajudava Daisy, escrevendo uma das minhas cartas para a seção de problemas dos leitores no jornal, como fiz para o Semanário do Adolescente quando estava preocupada com o excesso de peso. Daisy e eu escrevemos juntas:

Caro Editor do Jornal dos Jovens

Ando muito deprimida e solitária. Pensei que meus pais fossem felizes no casamento. Há um ano começaram a brigar e a gritar um com o outro. Papai foi embora com a melhor amiga da mamãe e nunca mais o vi. Se papai foi embora, tenho medo de que mamãe também possa ir, e não sei o que vai ser de mim e de meu irmão. Ninguém nos explica nada.

Daisy – 14 anos

Amanhã, de volta à porcaria do colégio. Pelo menos tenho uma folga da Daisy.

3 de março

Agora Pete é o Super-Herói-Machão-Número-Um aos olhos de Daisy. Ela acha Pete "MAAAAARAVILHOSO". A carta que Daisy e eu escrevemos para o jornal foi publicada com uma resposta.

Saber que você não está só pode ajudar a se sentir melhor. Assim, converse com seus colegas sobre o problema. Uma em cada vinte crianças até cinco anos tem pais divorciados. Uma em cada cinco crianças até os 16 anos tem pais divorciados. A cada ano, os pais de cerca de 160.000 crianças se divorciam. Apesar disso, uma pesquisa comprovou que essas crianças são muito otimistas a respeito do casamento, e que 29 em cada 30 delas querem se casar, e 24 em cada 25 desejam ter filhos.

Uma das razões para o aumento dos divórcios pode ser apontada no fato de que, nos séculos anteriores ao nosso, as pessoas viviam muito menos e ficavam casadas por cerca de vinte anos ou menos. Hoje em dia, com a média de vida chegando aos 70 anos, é possível chegar aos 50 anos de casado, ou mais. Ninguém pode fingir que é fácil viver junto por todo esse tempo, e a maior parte dos casais vai ter muitos motivos para brigar e discutir de vez em quando. Outra causa comum para a separação dos pais está na mudança da maneira da pessoa encarar a si mesma, e mudanças nas suas atitudes e na sua forma de pensar. Às vezes as pessoas se comportam de um modo inaceitável (usando de violência, ou por problemas sexuais), e se mostram incapazes de cooperar nas dificuldades com os filhos; ou têm dificuldades financeiras.

É muito raro que os filhos desejem ver os pais separados, mesmo que isso signifique o fim das brigas, dos gritos e da confusão. Portanto, quase todas as crianças ficam muito tristes e às vezes se tornam amargas e irritadas com a parte do casal que fica com elas, seja o pai ou a mãe. Como os pais se veem totalmente envolvidos em seus próprios ressentimentos e desavenças, os filhos se sentem relegados a segundo plano e solitários. Apesar de não terem culpa alguma, podem também sentir que são de alguma maneira responsáveis pelo rompimento.

Tente dizer aos seus pais que precisa conversar com eles sobre o que está se passando e sobre o que vai acontecer: onde você vai viver, com quem vai viver, para que escola você vai, onde vai morar o membro do casal que sair de casa. O que os filhos não querem é a responsabilidade de decidir o que fazer: com qual dos dois vão ficar, por exemplo.

Uma das melhores coisas que os pais separados devem fazer é continuar a conversar um com o outro e com seus filhos. Precisam compreender também que seus filhos continuarão a amar a ambos, e vão querer sempre ter provas do amor dos pais.

Achamos que você poderia gostar de ver como outras crianças expressam seus sentimentos sobre o mesmo problema nas cartas que escrevem:

....

A coisa que mais me aborrece é minha mãe ter ido embora quando eu tinha dois anos. Agora ando com muita dificuldade no colégio e em casa também, e é em momentos assim que sinto mais falta dela. Meu pai é muito bom e eu tenho sorte de ele ser tão bom pai e mãe ao mesmo tempo. Há pouco tempo, senti como gostaria de ter minha mãe a meu lado, pois comecei a ter uns desmaios, e meu pai ficou muito desorientado. Acho que meu pai sente falta dela também, mas não quer mostrar isso. Fico preocupada porque, quando eu casar, meus filhos não vão ter avó da parte da minha família.

....

Meus pais verdadeiros se separaram quando eu tinha três anos. Eu era muito pequena e não compreendi nada. Agora vivo com meus tios.

Minha tia é irmã de meu pai. Há pouco tempo, meus tios tiveram um desentendimento muito feio e fiquei com medo que fossem se separar também. Odeio os dois pelo que fizeram comigo, me criando com ódio de minha mãe. Acho que as pessoas só deviam ter autorização para casar quando tivessem certeza que ia dar certo. Devia haver um período de teste, e assim, se não desse certo, não haveria consequências ruins. Também acho que, se as pessoas se divorciam, os filhos deviam poder viver com um dos pais. Acho que por causa do divórcio de meus pais, se meus tios também se divorciarem, eu ia ser o motivo de sua separação.

....

Meus pais já estão separados. No início foi difícil, mas eu compreendo que eles agora devem estar muito mais felizes.

....

Há uns três anos, meus pais estiveram muito perto de se separar. O pior é a violência da coisa. Parecia haver muito ódio entre eles. Parecia que eu e minhas irmãs não éramos nem um pouco levados em consideração. A coisa mais horrível era ir para a cama, tentar me esconder embaixo do cobertor e ficar cantando para mim mesmo, de modo que não tivesse que escutar os gritos. Tudo que eu queria era ignorar tudo aquilo e fingir que nada estava acontecendo. Faz a gente pensar em primeiro lugar no motivo por que eles afinal se casaram, já que não têm quase nada em comum. O problema parece ser uma total falta de comunicação, e agora isso passou também para mim, que acho muito difícil falar abertamente com as pessoas sobre o assunto.

....

Meus pais se separaram, mas ainda não estão divorciados. Não é tão ruim assim, mas também não me sinto feliz com a separação. Ao contrário. Vejo meu pai muitas vezes, mas ele se mudou para bem longe por causa do trabalho. Não posso dizer que tenho saudade dele, porque vejo meu pai bastante. Depois que ele foi embora, achei difícil contar para os amigos, apesar dos pais de muitos deles também serem divorciados. Acho que agora todos os meus amigos já sabem, mas a maioria não soube por mim. Alguns sim, mas só aqueles que eu queria que soubessem.

....

Eu agora sou filho adotivo, depois que meus pais se divorciaram há sete anos. Quando era mais novo, era muito egoísta quando tentava analisar de quem tinha sido a culpa e "por que tinha que acontecer justamente comigo?". Mas depois que compreendi que não era o único com os pais separados, levei a vida adiante, considerando a separação como "coisas da vida". Não foi culpa de meu pai nem de minha mãe. Para mim, foi apenas a realidade de que eles não podiam mais viver juntos um com o outro. Não quero dizer que eles se odiassem, mas que tinham dificuldade em aguentar um ao outro. É claro que às vezes eu ainda choro e fico desejando que nada disso tivesse acontecido, mas agora é tarde demais para fazer o tempo voltar atrás. Da minha parte, acho que é preciso ir vivendo, ir sempre em frente, senão a gente não consegue nada, acaba ficando para trás e perde as oportunidades da vida.

Eu costumava ficar pensando se meus pais tinham na verdade me adotado ou alguma coisa assim, que eles não fossem meus verdadeiros pais e nunca tivessem me contado. Não é que me importasse tanto com o fato de ser adotada. Mas é que gostaria muito de SABER. Fico preocupada com tudo e me confundo tanto que nem consigo dormir direito. Fico deitada sem dormir até que minha cabeça se acalme.

6 de março

Acho que a invasão alemã não vai durar mais muito tempo. Tia Jo encontrou uma casa do exército, não sei onde, para ela ficar até que as coisas se arranjem. Logo agora que eu virei a grande heroína do Paul. Pelo menos há um menino que gosta de mim, apesar de fazer xixi na cama e ter 10 anos. Tudo porque ele achou uma batata estragada num saco de batatas fritas e eu o encorajei a mandar uma carta de reclamação. Vieram cinco novos sacos pelos correio, e com muita gentileza ele me deu um dos sacos.

Reunião no colégio hoje, sobre a viagem para Paris. Incrível.

**Capítulo 6
PIOLHOS BÊBADOS**

14 de março

Acabei de recuperar meu diário. Até que existem pessoas boas nesse mundo. Tinha certeza de que alguém me havia roubado e acusava todo mundo que via pela frente. Pete, mamãe e Daisy eram os principais suspeitos porque são muito intrometidos. Eu deixei todos eles muito irritados — me admira que eu ainda tenha amigos. Acho que eles não entendem como fiquei infeliz sem meu diário. Odeio perder as coisas. No início, não pude imaginar o que teria acontecido. Fiquei muito zangada, mas depois decidi esquecer tudo e não ter mais diário algum. Hoje chegou um envelope para mim pelo correio, e eu não entendi nada já que não era meu aniversário nem Natal nem coisa nenhuma. Não sei de onde veio. Não há nenhum bilhete, só o meu diário. Espero que a pessoa tenho se distraído bastante com essa leitura, contanto que não me conheça, é claro!

15 de março

Amanhã, Paris. Que sonho. Tenho que acordar às cinco e meia da manhã e estar no colégio às seis. Papai disse que vai me levar. Meu quarto está uma verdadeira lixeira. Acho que nenhuma roupa me serve. Mamãe ficou uma fera e disse que não vou a lugar nenhum antes de arrumar o quarto. Não gosto nada da ideia de ficar parecendo uma perua. Pete prometeu tomar conta do meu coelhinho enquanto eu estiver fora.

16 de março

Fantástico. Kate, Emma, John, Sheila e eu sentamos no banco de trás e dividimos nosso lanche uns com os outros. Preferia que Sheila tivesse sentado mais na frente, pois ficou vomitando o tempo todo. Quando chegamos na França, acenávamos para todos os motoristas que passavam. Reagiam muito bem! Que diferença lá de Londres. Gostaria que Sita também pudesse ter vindo, mas seus pais não deixaram.

Paramos para um lanche enquanto atravessávamos Paris. Vi a Torre Eiffel por cima dos telhados cinzentos. Descemos pelo Champs-Elysées, atravessamos o Arco do Triunfo, cruzamos o rio Sena, sujo que nem o Tâmisa, mas com aquelas lindas barcas com jardins dentro e crianças brincando no tombadilho. Gostaria de viver numa delas. Vai ser um passeio realmente sensacional. Café, bolinhos e vinho o tempo todo. O senhor Rogers comanda o grupo. Ele é o nosso professor veterano (foi professor do Pete e ensinou tudo a ele sobre "os fatos da vida" e está no colégio há séculos). Ele se refere a mim como "a inteligente irmã menor de Pete Payne". Mais um desses caras esquisitos, mas até que é bonzinho. Sempre dirige os passeios à França. Acho até que anda de caso com a professora de Francês, a senhorita Slazenger (que também veio), ou que tem um romance com uma dama francesa aqui em Paris!

19 de março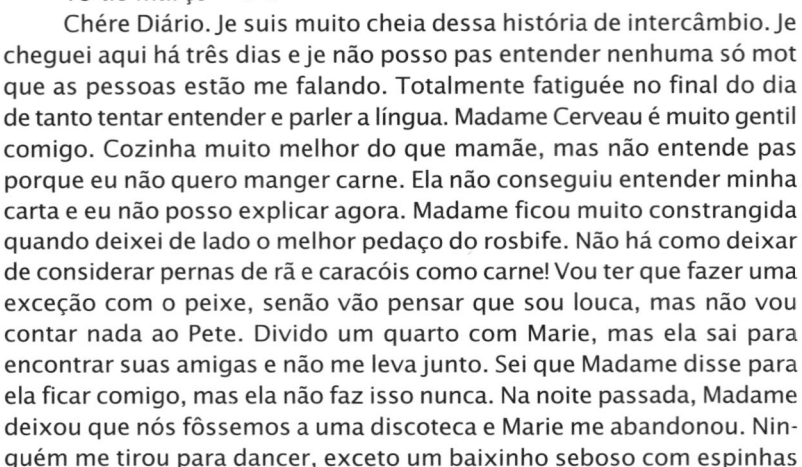

Chére Diário. Je suis muito cheia dessa história de intercâmbio. Je cheguei aqui há três dias e je não posso pas entender nenhuma só mot que as pessoas estão me falando. Totalmente fatiguée no final do dia de tanto tentar entender e parler a língua. Madame Cerveau é muito gentil comigo. Cozinha muito melhor do que mamãe, mas não entende pas porque eu não quero manger carne. Ela não conseguiu entender minha carta e eu não posso explicar agora. Madame ficou muito constrangida quando deixei de lado o melhor pedaço do rosbife. Não há como deixar de considerar pernas de rã e caracóis como carne! Vou ter que fazer uma exceção com o peixe, senão vão pensar que sou louca, mas não vou contar nada ao Pete. Divido um quarto com Marie, mas ela sai para encontrar suas amigas e não me leva junto. Sei que Madame disse para ela ficar comigo, mas ela não faz isso nunca. Na noite passada, Madame deixou que nós fôssemos a uma discoteca e Marie me abandonou. Ninguém me tirou para dancer, exceto um baixinho seboso com espinhas do tamanho de pires na cara. Por sorte Madame exigiu que voltássemos às dez horas — ela é muito severa —, assim a agonia durou pouco. Todos riram muito e disseram que eu era uma "tapisserie". Descobri que isso queria dizer que eu tomei chá de cadeira. Acho que vou chorar.

20 de março

Agora sei por que me sinto tão infeliz. Fiquei menstruada. Veio uma semana mais cedo e me esqueci de trazer Tampax. Mamãe bem que me avisou que o período podia adiantar um pouco com a viagem. Senti umas câimbras horríveis e nem trouxe os comprimidos de ácido mefenâmico que o médico me mandou tomar quando eu me sentisse mal de verdade. Antes de ele me receitar esse remédio, todo mês eu tinha que faltar ao colégio. Quem sabe isso explique o meu boletim de matemática! Esses comprimidos diminuíram muito a minha agonia, muito melhores que aspirina e outras coisas que experimentei.

Saí para um "promenade", que é um passeio. Fui bisbilhotar numa loja que talvez vendesse Tampax. Não quis pedir à Madame nem à Marie. Como é que ia poder? Mal cheguei e vou logo pedindo Tampax! Madame não gosta que eu saia sozinha. Queria que o irmão mais novo de Marie fosse comigo. De jeito nenhum. No supermercado ali perto achei o que queria bem na frente, na última prateleira. Eu não alcançava e tive de pedir duas vezes, usando o meu melhor francês.

— Avez-vous de Tampax, s'il vous plaît?

Todo mundo em volta ficou mudo, e o lugar estava cheio de homens velhos. Um ajudante foi lá no alto pegar, resmungando muito:

— De Tampax, de Tampax, toujours de Tampax!

Puxou o que estava em baixo e a pilha toda caiu na sua cabeça, junto com um monte de rolos de papel higiênico. Quelle horreur! Trés, trés embaraçoso.

23 de março

Ontem, Madame levou a mim e a Marie para o centro de Paris, de trem. Maldade: horas e horas para cruzar os subúrbios. Adorei o metrô, adorei o Quais d'Orsay, adorei os mercados ao ar livre, adorei as Tuilleries, onde sentamos para comer sanduíches de baguette e beber coca-cola (junto com outras 200.000.000 de pessoas que tomam coca-cola todo dia). Madame comprou para nós um crepe de chocolate para sobremesa. Usei um pissoir para fazer xixi, do lado de fora do Centro Pompidou, que tocava música enquanto eu estava lá. Cinco francos para usar o pissoir é um pouco caro. Um dia trés fatigant.

26 de março

Uma carta do Pete! A primeira que me escreveu na vida toda. Não é grande coisa, na verdade. Acho que mamãe o obrigou a escrever. Era só um bilhete rabiscado no verso de uma "Recomendação aos jovens". Dizia:

"Susie, ando muito preocupado com você aí na França, com todo esse vinho para beber. Por isso estou mandando este folheto instrutivo para me certificar de que você não venha a se tornar uma alcoólatra. Espero que seja útil! Seu afetuoso e preocupado irmão, Pete."

Pessoalmente, preferia que tivesse guardado o folheto para si mesmo e me mandasse algumas notícias boas de lá, coisas do tipo: "Como ele e a Brenda estão se dando?", "Bovril já teve os filhotes?", "O que o Sam anda fazendo?" e "Daisy e Paul já foram embora?".

Como saber quando a bebida está se transformando em um problema

— Você bebe porque tem problemas? Com o objetivo de suportar situações estressantes?

— Você bebe quando fica irritado com os outros, seus amigos ou pais?

— Você prefere beber sozinho a beber na companhia dos outros?

— Passou a tirar notas baixas? Anda fugindo do estudo?

— Você evita ser franco e honesto com os outros a respeito do seu hábito de beber?

— Você se mete em confusão quando está bebendo?

— Quando bebe, você fica embriagado com frequência? Mesmo quando não tem essa intenção?

— Você acha que é forte o bastante para suportar tudo o que bebe?

O CONSUMO DE ÁLCOOL EM DIFERENTES PAÍSES

país	consumo em litros de álcool puro (100%) por pessoa, ao ano
França	13,9
Portugal	13,1
Espanha	11,8
Itália	9,4
Austrália	9,2
EUA	7,7
Reino Unido	7,1
URSS	5,7
Japão	4,4

28 de março 🗼

Apesar de eu ter um monte de tempo sobrando, já não tenho mais privacidade alguma para escrever. Na casa dos outros, até os banheiros não são o mesmo santuário.

30 de março

A caminho de casa. Que alívio estar de volta ao lado de meus amigos e poder falar inglês de novo. A família que ficou com Kate estranhou que ela comesse tão pouco. A família que ficou com John era toda de alcoólatras. Bebiam tanto que ele ficou espantado que não saísse vinho das torneiras da casa. O senhor Rogers estava sentado no banco em frente ao nosso e ouvia tudo. Com um forte bafo de bebida e de cigarro, ele comentou que o problema não era só dos franceses: em 1983, os ingleses gastaram 13 trilhões de libras com bebidas alcoólicas, 12 trilhões com roupas, 11 trilhões no Serviço Nacional de Saúde, 10 trilhões na educação pública e 15 trilhões na defesa.

É a mesma coisa com o fumo. O governo age com total hipocrisia, coletando 200 libras por segundo com os impostos sobre as bebidas alcoólicas e gastando apenas 0,1 centavo por segundo em publicidade sobre os perigos do fumo. Uma tristeza. Ele disse que as bebidas alcoólicas estavam presentes em metade dos assassinatos, em um de cada cinco casos de violência contra crianças, em mais da metade dos suicídios e em um quarto de todos os acidentes com morte nas estradas. Tenho certeza de que ele sabe do que está falando. Disse que a gente não precisa ficar embriagada. Com os vinhos e as cervejas sem álcool, a gente pode manter a pose sem parar de beber.

Sheila riu da minha aventura com o Tampax. Ela trouxe o dela. Tentou jogar os Tampax usados na privada, mas eles não desciam pelo cano. Teve que apanhar lá dentro, embrulhar num saco de papel que ficou todo encharcado e atravessar a casa toda com aquilo na mão para jogar na lixeira.

Vi um anúncio recomendando o uso de preservativos quando estávamos saindo de Dover: "Levar um preservativo para o seu feriado não vai salvar sua vida. Usar o preservativo, sim". John disse que era um pouco tarde para prestar atenção ao cartaz, agora que já estávamos voltando. E por que aqui os preservativos são chamados de "cartas francesas"? O senhor Rogers não sabia explicar, mas disse que havia uma lenda segundo a qual o preservativo foi inventado pelo Doutor Condom, médico do Rei Carlos II, e, por isso, em inglês, "condom" quer dizer preservativo. E por falar em lendas, ele também sabia (e eu só queria saber como soube) que os italianos no século dezesseis usavam preservativos de pano para não pegar sífilis. Muito gozado pensar que agora todo mundo voltou a usar camisinhas para se prevenir de doenças transmissíveis sexualmente. De qualquer modo, o senhor Rogers disse que se ainda ensinassem latim na escola hoje em dia, saberíamos que a palavra "condom" é na verdade derivada da palavra latina "condus", que significa "recipiente". É como se Pete estivesse aqui, enchendo a gente com essas informações. Pensei que eu tivesse viajado no feriado para ficar longe disso tudo.

Sentimos um cheiro engraçado quando estávamos tirando as malas do ônibus. Uma das garrafas de vinho que John estava contrabandeando para sua próxima festa quebrou. Ele não conseguia acreditar que na França o vinho custasse tão barato. Acho que ficou viciado no curto tempo em que morou com a família francesa. A cada refeição, eles tomavam duas garrafas de vinho.

1º de abril

Dormi ontem o dia inteiro. Estava esgotada depois da viagem de volta, e ainda brinquei com os novos filhotes de Bovril (dois vivos e um morto — onde estava o Pete, afinal?). Levantei sabendo que era o dia da mentira, primeiro de abril, e mesmo assim acabei caindo numa mentira. No caminho para o jornaleiro, vi uma moeda na calçada diante da casa do John. Tentei pegar e ouvi uma gargalhada atrás de uma cerca. Ele tinha colado a moeda no chão. Fracasso total na tentativa de enganar o Pete. Tentei até "Brenda está te chamando no telefone", para ver se ele saía da cama, e ele é muito sabido para cair no conto do sal dentro do açucareiro. Peguei papai com minha caixa monstro de chocolate onde estava escrito assim "CHOCOLATES DA SUSIE — NÃO TOQUE". Um grande monstro de mola saltou de dentro da caixa e bateu bem no nariz dele quando tentou roubar um chocolate. Acho que ficou mais irritado por ter sido surpreendido tentando roubar um chocolate do que por causa do boneco.

O meu coelhinho está com anorexia. Ou isso, ou está com inanição. Pete não fez nada! A gaiola estava fedorenta e se tinha alguma coisa para comer era porque mamãe metia de vez em quando lá dentro uma folha de repolho. Acho que engordei na França. Eu estava com 62 quilos hoje de manhã.

4 de abril
Finalmente, com base em sua grande experiência, ha ha!, Louise começou a escrever um manual para os rapazes...

MEU MANUAL PARA OS RAPAZES
por Louise Heathers

RAPAZES... RAPAZES... RAPAZES... RAPAZES... RAPAZES...
Ou por que eu os odeio. Quando mais desejo que reparem em mim, eles não reparam. Gasto horas me arrumando, e eles nem ligam. Imagino que isso traga algum tipo de estímulo pa-ra certas garotas, mas no meu caso só consigo achar detes-tável. Quando me sinto insultada e aborrecida e espero que venham se desculpar, eles não vêm, porque acham que pedir desculpa não é coisa de macho.
De vez em quando tenho essas fantasias de ver o rapaz dos meus sonhos chegando na porta de casa com um monte de flores na mão, pronto para me levar embora na sua enorme motocicleta vermelha. Quem me dera!
Tento fingir que não estou nem um pouco interessada. Isso é bem mais difícil do que parece. Quando um garoto de que eu gosto pede para copiar meu dever de casa, como é que posso dizer "não" com uma voz calma e controlada, quando meu estômago está dançando aos pulos e meus joelhos ficam moles?
Depois, tudo que me resta é ficar me lamentando porque eles acabaram saindo com minha melhor amiga. Não vale a pena a gente se importar com rapazes desse tipo.

É óbvio que não é isso o que eu sinto sobre os rapazes. Ela está ainda mais desesperada do que eu.

6 de abril

Nenhum garoto ia se atrever a chegar a um quilômetro de mim agora, pois estou toda fedendo a remédio contra piolhos. Foi o presente que Paul deixou para a família, quando ele, Daisy e tia Jo foram embora. Tia Jo admitiu isso para mamãe em um de seus intermináveis telefonemas. Na França, quando senti coceira, pensei que fosse só caspa. Tomara que meus piolhos tenham gostado de passar os feriados na França. Mamãe descobriu as criaturazinhas.

Papai — o exterminador das pragas — pôde mostrar como entende do assunto. Disse que, numa pesquisa recente, em cada três mães, uma admitiu que seus filhos tiveram piolho no ano anterior. Mas o pior não era isso. Se nossas cabeças fossem examinadas por um "caçador de pragas" especialista, ele teria cinco vezes mais chance de ver os piolhos que a mãe e seu olhar de amadora. Na verdade, as criaturas já estão se alimentando há quatro meses na cabeça da gente quando conseguimos perceber que estão lá. Papai quis até nos dar algumas informações sobre a vida sexual dos piolhos: a vida de um piolho dura só três semanas; gostam do cabelo de todo mundo, mas preferem os cabelos curtos e limpos (é isso mesmo, não está errado não); parece que se espalham apenas pelo contato de uma cabeça com outra, não podem pular, voar ou nadar, e podem passar por várias cabeças em um mesmo dia.

O que o piolho faz quando vai para a sua cabeça, no meio dos cabelos, é dar uma boa mordida na sua pele (cada piolho morde umas 200 vezes por dia). Quando morde, a sua saliva irrita a pele da gente e dá vontade de coçar. Depois que morde e chupa um pouco do nosso sangue, o piolho faz cocô. Quando a gente coça, espalha o cocô nos lugares em que ele mordeu e a irritação fica ainda pior. Outra coisa que fazem, aos sete dias de vida, é começar a ter relações sexuais e pôr ovos, que ficam grudados na raiz dos cabelos da gente. Vida curta a do piolho, mas bem movimentada.

Para dar um fim nessa orgia, primeiro é preciso descobrir as criaturas, que é o mais difícil. Mamãe precisou usar os óculos para localizar os bichinhos, pois são quase transparentes e menores que a cabeça de um fósforo. E os ovos nos cabelos são do tamanho da cabeça de alfinetes e da cor da pele. Papai foi muito cruel e desalmado. Disse que pentear o cabelo muitas vezes destrói os ovos dos piolhos. A vida de um piolho, que não tem nem pernas, o coitado, é muito dura, e eles acabam caindo da cabeça da gente e morrendo. (Se os animais sentem dor, os piolhos também não vão sentir? E os direitos dos piolhos, onde ficam?)

Mamãe fez a família toda usar a loção contra piolhos. Por sorte, usada adequadamente, ela não só elimina os piolhos mas também protege a gente da volta dos piolhos. Tivemos que dormir com o líquido na cabeça e não pude ir nadar por dois dias depois de usar (senão não ia funcionar mais), e não pude usar secador de cabelos (o calor destrói as propriedades químicas da loção).

Os feriados da Páscoa começam hoje. Assim não preciso ir espalhar meu mau cheiro no colégio.

7 de abril
Vou fazer uma grande farra e torrar todo o dinheiro que economizei. Telefonei chamando a Mary para vir também. Ela disse que ia adorar. Fiquei surpresa de que ela tenha deixado a companhia de seu namorado para me honrar com sua presença.

8 de abril
Ontem fiquei fofocando com Mary e ri muito experimentando as roupas pavorosas da senhorita Selfridges. É deprimente: a menos que você seja magra e comprida, nenhuma roupa fica bem. Mary acha burrice fazer dieta e acha que estamos todas ótimas do jeito que somos. Ela pode ser, mas não tenho certeza quanto a mim. Em todo caso, por que a gente deve tentar ficar igual às modelos dos anúncios? Elas são todas preparadas e fotografadas de um jeito especial para que pareçam mais magras do que são de fato. Pete disse que os rapazes na verdade não gostam de garotas muito magras. Diz que o que importa para ele é a personalidade e a cabeça da garota, e não o seu corpo. Parem tudo: Mary viu Pete no cinema, sem óculos, no maior agarra-

mento com a peituda da Brenda. Quando eu sugeri que isso era sinal de que ele se importava pelo menos com o *corpo* da Brenda, Pete gritou que era melhor eu cuidar da minha vida.

Capítulo 7
GÂNGLIOS, FEBRE E ESTUDOS

10 de abril
Estou péssima, me odeio, especialmente aquele pedacinho de mim chamado garganta, que está muito irritada. Minhas amídalas estão do tamanho de duas montanhas, e parece que alguém está espetando minha garganta com agulhas. Se eu sobreviver a isso, prometo nunca mais pensar no Sam. Nem preciso dizer que mamãe não demonstra a menor pena de mim. Ela não acredita mais em nenhum de nós desde o dia em que encontrou Sally olhando as vitrines das lojas meia hora depois de ter dito que estava às portas da morte com amidalite. Pete veio com a eterna pose de quem diz: "Você está diante do maior talento que o mundo já viu para a medicina". Mandou eu calar a boca e tomar uma aspirina. O desgraçado sabe tudo. É só ficar com dor de cabeça e ele acha que vai morrer.
Que jeito de desperdiçar o feriado.

11 de abril
Piorei. Sam, onde está você? Na verdade, qualquer um que fosse bom comigo servia.

12 de abril

Piorei mais, pior que o pior. Pete ainda não acredita que eu esteja realmente doente. Acha que deve ser "resfriado de esnobe" ou encefalomielite miálgica, sei lá o que é isso. Mas não chega perto de mim. Não que eu queira isso, mas bem que Sam podia chegar perto.

13 de abril

Ainda pior. Devia ser Sexta-Feira Santa, mas parece sexta-feira treze, O Horror. Mamãe chamou o médico, que disse que na maioria das vezes a causa da garganta irritada é um vírus ou uma bactéria, mas em geral não dá para saber qual é o caso. Assim, me receitou paracetamol ou aspirina. Genial. Aspirina para isso, aspirina para aquilo, milhares de anos de avanços na medicina e isso é tudo o que eles têm a oferecer?

Sam veio ver o Pete hoje. Nem subiu para me ver. Eu o odeio, odeio o Pete, odeio o mundo. Vou ficar na cama para sempre e morrer de fome. Aí todos vão se arrepender.

14 de abril

Fui arrastada para uma médica. Na sala de espera, vi as pessoas mais doentes do mundo. A médica era boa, mas não se mostrou muito interessada. Só piorou as coisas, raspando o fundo de minha garganta com uma vareta. Disse que ia separar o material para ver o que ia nascer dali. Argh. Na certa uns monstros com garras horríveis. Ela aproveitou também para tirar de mim uma seringa cheinha de sangue. Eu quase desmaiei com a picada da agulha.

15 de abril

Papai promoveu sua costumeira busca dos ovos da Páscoa escondidos. Pode parecer esquisito, mas eu ainda gosto desses rituais. Pete também. Achou todos os meus ovos e comeu, alegando que eu já estou muito gorda. Tentei recuperar alguns, ameaçando contar para mamãe a respeito dele e Brenda. Mamãe não ia aprovar o tipo de garota que ela é. Pete disse que bem que gostaria de ter feito alguma coisa que eu pudesse contar!

Não tem graça nenhuma o domingo de Páscoa doente desse jeito.

20 de abril

A enfermeira da médica telefonou ontem e disse:

— Ela está com mononucleose infecciosa.

Quer dizer que estou mesmo doente. O gozado é que agora não me sinto tão ruim, só mole e exausta, como um farrapo. Pete tem mandado beijinhos à distância para mim desde que leu o folheto com o título "Mononucleose Infecciosa", que a enfermeira mandou para mamãe. (Eu não beijo ninguém desde o Natal. Foi o John, que cheira muito mal e queria ficar tocando muito em mim, tocando em toda parte. Talvez isso tudo seja culpa dele. Talvez Kate também fique doente.)

MONONUCLEOSE INFECCIOSA

(1) Qual a causa?
Um vírus chamado Epstein Barr (batizado com o nome do homem que primeiro o descreveu.)

(2) É contagioso?
Sim. Trata-se de uma doença contagiosa, que passa de uma pessoa para outra. Todavia não é de muito fácil contágio, e em geral é preciso estar em contato estreito com a pessoa doente para ser contaminado. Por isso é que muitas vezes é chamada "doença do beijo", mas beijar não é o único modo de ser contaminado. Também pode passar de uma pessoa para outra como um resfriado: aspirando o vírus no ar ou engolindo.

(3) Quem pode pegar?
É muito comum, e uma em cada dez crianças entre 14 e 15 anos está com a doença, sem saber disso. Aos 18 anos, mais da metade dos jovens é vítima do vírus. Rapazes e moças adoecem na mesma proporção, e os adultos também podem pegar.

(4) Como você pode saber que está doente?
Em geral, a pessoa fica com a garganta irritada e sente os gânglios cervicais (no pescoço) inchados. Se for mononucleose infecciosa, vai demorar mais para ficar bom do que normalmente demoraria se fosse apenas garganta irritada ou gânglios inchados. Outros gânglios podem inchar também na virilha e nas axilas. Às vezes podem aparecer até erupções na pele. A pessoa se sente cansada, indisposta, tem dor de cabeça e febre.

(5) Como é possível comprovar que pegou a doença?
É preciso consultar o médico, que fará um exame de sangue. Isso em geral basta para mostrar se a pessoa está com mononucleose infecciosa ou não (ou se teve a doença no passado).

(6) Quanto tempo vai demorar?
Isso varia. Algumas crianças ficam boas tão rápido que nem percebem que ficaram doentes. Na maioria dos casos, dura três semanas.
Primeira semana: garganta muito irritada, gânglios inchados, temperatura alta; a pessoa se sente muito indisposta e prefere ficar na cama.

Segunda semana: a temperatura começa a baixar e a pessoa se sente um pouco melhor.

Terceira semana: grande melhora; a temperatura se normaliza, mas a pessoa ainda vai se sentir muito cansada, por menor que seja sua atividade.

(7) Pode durar anos?

Em geral a pessoa melhora em algumas semanas, mas pode se sentir cansada com muita facilidade ainda por várias semanas ou meses. Para algumas pessoas, os efeitos duram ainda mais.

(8) Existe algum tratamento?

Por ora, não existe. Como a garganta fica inflamada, o médico pode receitar algum antibiótico antes de perceber que se trata de mononucleose infecciosa. Isso não é prejudicial, mas tampouco ajuda na cura, pois antibióticos não matam vírus, apenas bactérias.

O único tratamento consiste em tomar paracetamol regularmente (verifique sempre as instruções na embalagem do remédio para se certificar sobre a dosagem e periodicidade adequadas). Isso ajuda a baixar a febre, aliviar a dor na garganta e diminuir o mal-estar.

(9) É preciso ficar na cama e repousar bastante?

Se vai ou não ficar na cama, depende unicamente de como a pessoa se sente. Na primeira e até na segunda semanas, a maioria das crianças tem vontade de ficar na cama, repousando, dormindo e tomando muito líquido e alimentos fáceis de engolir: gelatina, sopa, sorvete. Mais tarde, pode ainda sentir vontade de descansar e dormir mais do que o habitual. Seu corpo, nessas circunstâncias, é muito útil para indicar quanto esforço você é capaz de fazer.

(10) Que tal praticar esportes?

Não é boa ideia praticar esportes nas primeiras três semanas de doença, e provavelmente a pessoa não vai sentir vontade de fazer isso. Pode até, durante várias semanas ou meses, vir a sentir um grande esgotamento após pequenos exercícios. Portanto, oriente-se pelas suas sensações.

(11) Pode afetar seu estudo?

Durante as primeiras semanas de doença, a maioria das crianças tem muita dificuldade em estudar e se concentrar. Quando a criança voltar à escola, é melhor contar aos professores qual foi o problema, e eles provavelmente se mostrarão compreensivos. Mostre-lhes este folheto se não forem.

> **(12) Mononucleose infecciosa é o mesmo que encefalomieite?**
>
> Não. Encefalomielite miálgica é uma doença vaga e há uma grande controvérsia a seu respeito. Acredita-se que mais de 100 mil pessoas por ano na Inglaterra e no País de Gales sofrem dessa doença. Os problemas principais parecem ser:
>
> a) dor aguda nos músculos após esforço físico
> b) tremores
> c) perda de memória
> d) dificuldade para se concentrar
> e) cansaço excessivo
>
> Como podemos ver, estes sintomas podem se verificar em muitas outras doenças, e até o momento não existe nenhum teste específico capaz de determinar com exatidão se a pessoa está ou não com encefalomielite. Alguns acreditam que a pessoa pode pegar encefalomielite depois de ser vítima de alguma doença provocada por vírus, como mononucleose. A pessoa tende a melhorar mesmo sem tratamento algum, o que é uma sorte, pois nenhum tratamento se mostrou até hoje eficaz contra a doença.

24 de abril

Kate me disse que eu perdi um teste preparatório para o exame de Inglês. Será que vou me dar mal? Fiz mamãe mandar Pete levar um bilhete para o colégio. Os professores sempre acham que a gente está fugindo das aulas, mesmo quando você está morrendo. Aposto que Pete vai esquecer.

2 de maio

Mamãe foi lá conversar com o professor. Odiei a ideia de ela fazer isso, mas, no final, parece que não perdi meu exame. O professor disse que se eu tivesse faltado ao teste preparatório, tentaria aproveitar ao máximo algum dos outros testes que já fiz. Se eu tivesse faltado a muita coisa importante, seria melhor trazer um atestado do médico.

Hoje tive um susto terrível. Pensei que Bovril tivesse quebrado a perna. Estava por aí mancando, tentando se equilibrar ao lado de seus filhotes. Ela foi há pouco tempo ao veterinário. Descobri aquele caroço enorme e alguma coisa espetada ali. Ela miava pateticamente sem-

pre que eu tocava no local. Fiquei em pânico e telefonei para mamãe no trabalho. Ela veio na hora do almoço e disse que parecia picada de abelha. Aí lembrei que Bovril tinha mesmo brincado com uma abelha. Eu me senti uma estúpida por ter feito mamãe vir do trabalho. Especialmente quando ela disse para deixar Bovril sozinha, que ela ia ficar boa por si mesma.

Estou cheia de ficar em casa, e morro de cansaço se tento fazer qualquer coisa. Dei uma espiada no quarto do Pete. Descobri seu livro de piadas no guarda-roupa (junto com três velhos exemplares da *Playboy* e outras revistas de masturbação). Finalmente um pouco de alívio. É confortador.

– Se ele se mexer, não atire. Faça carinho.
– Por que a virgindade é como um balão de gás? Por que basta uma picada e acabou.
– 100 mil lemingues não podem estar errados.
– Ajude a vida selvagem – vote pela orgia.
– Cuidado com a desidratação: ponha água no chope.
– Se não der certo nas primeiras tentativas, não desanime: desista.
– O que é, o que é: todo marronzinho e dando tapinhas no vidro? Um bebê dentro do forno microondas.
– Se você está com água no joelho, vai ver que sua pontaria anda muito ruim.
– As pessoas que moram em casas envidraçadas deviam transar no porão.
– Sutiãs duros ajudam certas mulheres a olhar o mundo de peito erguido.
– Mantenha verde a Grã-Bretanha: faça sexo com um sapo.
– Os fotógrafos só gostam de se revelar no escuro.
– Adão veio primeiro. Os homens estão sempre na frente.
– Cuidado: balançar mais de duas vezes já é masturbação.

6 de maio

Pete anda me aborrecendo com a história do artigo sobre métodos anticoncepcionais. Acha que eu não tenho nada melhor para fazer, só porque estou doente. Anda estudando sem parar, a fim de continuar tirando só 10. Eu devia estar estudando para meus exames que vêm aí, mas não consigo me concentrar. Pete me deu uma pilha de folhetos sobre planejamento familiar, para eu copiar os melhores trechos. A matéria vai ser anônima, pois não quero que o colégio inteiro fique achando que *eu* sei alguma coisa sobre o assunto.

ESTEJA PREPARADO
Vamos direto ao assunto

Isto não funciona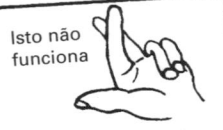

Você vai ouvir um monte de bobagens sobre contracepção, histórias que não são verdadeiras. Portanto, esqueça tudo o que ouviu; os fatos reais são os seguintes:

– A gravidez pode vir após a primeira relação e pode ocorrer até mesmo sem a penetração do órgão sexual masculino.

– A gravidez pode ocorrer mesmo se a mulher não gozar (ou seja, não tiver orgasmo).

– A relação sexual, em qualquer posição, pode resultar em gravidez.

– A mulher pode engravidar algumas vezes mesmo se a relação ocorrer durante o período de menstruação. Não interfere com o ato sexual.

PRESERVATIVO

ou camisinha usado com cuidado tem 98% de eficácia

O diário de Susie

COMO FUNCIONA

É feito de borracha fina e envolve o pênis ereto. Assim, evita que o esperma entre no corpo da mulher.

VANTAGENS PRINCIPAIS

Fácil de comprar e de usar. Os homens podem dividir a responsabilidade no controle da natalidade. Protege ambos os parceiros contra a maioria das doenças transmitidas sexualmente e pode proteger a mulher contra o câncer no útero.

Pergunta: Como se chamam as pessoas que usam o método da "tabelinha" para não ter filhos?

Resposta: Pais!

PRINCIPAIS DESVANTAGENS

Pode romper. Os homens podem sentir alguma perda de sensibilidade durante a relação sexual. Interrompe o contato físico no momento da relação sexual propriamente dita, embora o ato de pôr o preservativo possa também ser uma parte interessante do ato sexual. É preciso cuidado para se certificar de que nenhum esperma seja expelido no corpo da mulher após a ejaculação (ou seja, após ter gozado).

COMENTÁRIOS

Deve ser colocado (é preciso usar um preservativo para cada vez que gozar) antes que o pênis encoste em qualquer parte da área vaginal da mulher, e deve ser mantido quando o pênis é retirado. Só use preservativos que tragam na caixa o selo que indica aprovação pelo controle oficial de qualidade. Comprado livremente em postos de gasolina, farmácias etc.

PÍLULA

Contraceptivo oral
Acima de 99% de eficácia
se tomado adequadamente.

COMO FUNCIONA

Contém dois hormônios: estrogênio e progesterona. Tomada regularmente, interrompe a ovulação (a liberação mensal do óvulo pela mulher).

PRINCIPAIS VANTAGENS

Fácil e prático de usar. Regulariza o ciclo menstrual, muitas vezes com redução do sangramento, do mal-estar e da tensão pré-menstrual.
Não interfere com o ato sexual.

PRINCIPAIS DESVANTAGENS

Algumas mulheres apresentam pequenos efeitos colaterais, que em geral, passam após alguns meses. A pílula parece ser um método anticoncepcional seguro e vem sendo usada há cerca de cinquenta anos, mas podemos ainda não conhecer certos problemas de longo prazo que ela pode provocar, especialmente quando é tomada durante muitos anos seguidos.

Não protege a pessoa de doenças sexualmente transmissíveis.

COMENTÁRIOS

Não funciona se tomada com mais de 12 horas de atraso, ou quando a mulher está doente ou com diarreia. Nesse caso, é preciso usar preservativo. Alguns remédios podem interromper a ação da pílula. O médico deverá explicar, se for o caso. A pílula é receitada por um médico. A mulher que toma pílula deve tentar não fumar.

DIAFRAGMA + espermicida

97% de eficácia quando usado adequadamente

COMO FUNCIONA

Uma peça de borracha fina introduzida na vagina antes da relação sexual, a fim de cobrir a entrada do útero e formar uma barreira que impeça o esperma de encontrar-se com o óvulo. Deve ser usado com espermicida e só pode ser retirado seis horas após a relação sexual.

PRINCIPAIS VANTAGENS

O diafragma e o espermicida podem ser colocados no momento conveniente, antes da relação sexual, de modo que não interfere com a espontaneidade do ato. (Se passarem mais de três horas entre a colocação e a relação sexual, será preciso usar mais espermicida.) Pode ajudar a proteger a mulher do câncer no útero.

PRINCIPAIS DESVANTAGENS

É preciso ir ao médico para conferir o tamanho adequado do diafragma. É preciso ter tudo planejado antecipadamente, de forma a que o diafragma e o espermicida estejam colocados antes da relação sexual. É preciso verificar a cada seis meses se o tamanho do diafragma ainda é adequado. O mesmo deve ser feito quando a mulher engorda ou emagrece mais de três quilos, pois o tamanho da vagina pode mudar.

COMENTÁRIOS

Um creme, gelatina, ou pomada espermicida (que neutraliza a ação do esperma) deve ser usado ao mesmo tempo que o diafragma.

Os fatos fundamentais
A mulher pode engravidar se, após a relação sexual, um espermatozoide liberado quando o homem gozou se unir ao óvulo e
o óvulo ficar no útero. O homem e a mulher que não querem
ter filhos podem ter relações sexuais desde que se assegurem
de que óvulo e espermatozoide nunca se encontrem, ou de que
o óvulo não fique no útero. Há várias maneiras de fazer isso, mas
qualquer método escolhido deve ser empregado de modo adequado. Nenhum método de controle da natalidade funcionará,
a menos que seja usado regularmente: uma única vez que você
arrisca pode ser o bastante para engravidar.
Diferentes métodos anticoncepcionais se adaptam a pessoas
diferentes, de idades diferentes. Portanto, consulte o médico de
sua família ou o posto médico de planejamento familiar. Se
necessário, experimente mais de um método até encontrar
aquele que melhor se adapte a você e a seu parceiro. É muito
mais provável que um método seja empregado com regularidade
quando a pessoa sente que este é o método adequado para ela.

Lembre-se!
Se você se sentir embaraçada em consultar o médico de sua
família, pode procurar qualquer posto médico de planejamento
familiar. É grátis (procure o telefone na lista).

A contracepção na manhã seguinte
Se, por acidente, você cometeu algum erro no uso do seu contraceptivo, existe uma "pílula do dia seguinte". Na verdade,
consiste no uso de uma dose especial da pílula anticoncepcional. Pode ser comprada no posto médico de controle familiar.
A mulher pode ingerir o medicamento até 72 horas após a relação sexual.

**Se você não quer ter filhos, não confie na sorte. Use um método
seguro de contracepção.**

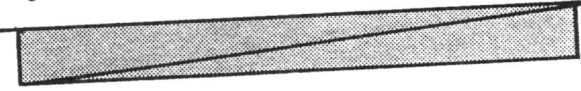

14 de maio

Volta ao colégio e os exames serão daqui a três semanas. Esforço dramático para recuperar o tempo perdido. Se não me sair bem nos
exames, nem sei o que vou fazer da vida. Na certa vou ficar me cul-
pando por ser uma preguiçosa sem-vergonha durante dois anos —
apesar de não ter sido culpa minha ficar doente.

Vou me sentir um fracasso total, um nada. É uma pressão terrível, todos esses exames, sobretudo porque não sei o que vou falar aos

meus colegas quando me perguntarem como fui nas provas e tiver fracassado. Mamãe disse que só tenho que fazer o melhor possível, mas não importa o que ela diga, sei que vai ficar triste se eu não me sair bem. (Acho que papai nem sabe que vou fazer as provas.) Queria que o relógio voltasse para trás para recomeçar meus estudos de revisão. Estou com o plano de estudos que a senhora Smith preparou para mim:

PLANO DE ESTUDO

1. Estimar o número total de horas de que dispõe até os exames. (Tenho 14 dias de semanas, com 3 horas disponíveis depois do colégio, mais 3 fins de semana, com 5 horas disponíveis por dia, o que dá um total de 14 vezes 3 mais 6 vezes 5: 72 horas.

2. Dar o mesmo tempo para todas as matérias. (Tenho 7 matérias, o que me dá umas 10 horas de estudo para cada uma.)

3. A essa altura, não há como rever todos os pontos de todas as matérias. Portanto, identifique, em cada matéria, os pontos em que está mais fraca, e trate destes primeiro. Se sobrar algum tempo, nesse caso – e só nesse caso – passe para os pontos que sabe mais. (Disse para mamãe que como não há nenhum ponto que eu saiba mais que os outros, e não tenho tempo de estudar tudo, vai ser muito difícil. Mamãe foi muito legal e me fez algumas perguntas de história: eu sabia a resposta de tudo!)

4. Estude no máximo durante uma hora, e então faça um intervalo. Depois de uma hora, seu cérebro já não se concentra tão bem. (Não sei se meu cérebro sequer começa a se concentrar. Gostaria de ser um pouco mais como o Pete.)

5. Lembre-se: é relativamente fácil conseguir metade dos pontos de cada questão. É muito, muito mais difícil acertar todas as questões inteiras. Assim, é melhor responder de modo sensato a todas as questões do que responder muito bem apenas a metade das questões da prova.

18 de maio

O estudo de revisão vai indo bem, mas não tenho tempo para pegar meu diário. Graças a Deus não me sinto mais tão cansada. Mamãe ficou uma fera com a história da Brenda. Acha que ela é uma péssima influência para o Pete. Ela fuma e vai aos bares noturnos, e mamãe tem certeza de que ela toma drogas. (Eu sei que é verdade, e o Pete também!) Bovril ficou uma fera porque deram todos os seus filhotes para outras pessoas. Melhor do que afogar, mas isso ela não entende.

	Segunda	Terça	Quarta	Quinta	Sexta	Sábado	Domingo
9:00/10:00							
11:00							
12:00							
13:00							
14:00							
15:00							
16:00							
17:00							
18:00							
19:00							
20:00							

Capítulo 8
PROVAS E ABUSOS

4 de junho

Pânico, pânico, pânico. Não consigo dormir, não consigo parar de comer. Não consigo me concentrar. Fico cansada o tempo todo. Esqueci tudo o que aprendi na vida, morro de medo de tudo se apagar na minha cabeça quando eu olhar o papel da prova ali na minha frente. Não consigo continuar a estudar porque ficou tudo embrulhado na minha cabeça.

No colégio é ainda pior do que em casa — histeria em massa —, todo mundo tão apavorado quanto eu! Os professores estão muito irritados. O senhor MacIntosh — o chefe — fez um discurso do tipo "Crianças, não fiquem em pânico". Apavorante, com aqueles óculos de aro de metal, cabelos brancos e a cara enrugada. De pé no tablado, ele parece ter uns 2 metros e 10 de altura.

"Agora talvez seja tarde demais para rever a matéria inteira. A maioria de vocês, mais cedo ou mais tarde, irá sentir-se dominada pelo pânico após o terrível momento em que a folha da prova for colocada na sua frente. Algumas coisas que irão

acontecer ao ler esse papel serão boas. Mais adrenalina será bombeada através do seu corpo, seu coração baterá mais rápido, e, no conjunto, vocês ficarão mais alertas. Todavia, certas reações podem se mostrar menos positivas: dificuldade para se concentrar, achar que o pensamento se apagou, não ter a menor dúvida de que não sabe nada da prova.

Portanto, não seria bom conhecer alguns truques simples que ajudassem a enfrentar o lado ruim do pânico? Bem, eles existem. São coisas observadas por pessoas que fizeram muitas e muitas provas na vida. Podem ajudar bastante, mas exigem uma certa prática.

O que pode deter efetivamente a sensação de pânico é você, em lugar de se afobar e ir logo concluindo que nunca será capaz de terminar a prova em tempo, gastar alguns minutos se organizando, antes de começar a escrever. Muitos pontos podem ser conquistados graças a esses poucos minutos de planejamento.

Primeiro — e acima de tudo, quando sentir o pânico crescendo ao receber a prova — conte lentamente até dez antes de ler as questões. Isso vai tomar só dez segundos, mas bastará para acalmar seus nervos.

Segundo — leia as instruções com todo cuidado, para ver quantas questões é preciso responder. (Você não vai ganhar nenhum ponto a mais respondendo coisas além do que for pedido.)

Terceiro — leia as instruções outra vez e descubra de quanto tempo dispõe para fazer a prova inteira. Divida o número das questões pelo tempo total e determine quanto tempo pode gastar em cada questão. (5 questões em 86 minutos — que sobraram dos 90 minutos totais, depois de ter feito tudo o que dissemos antes — significa cerca de 17 minutos para cada resposta.) Não ultrapasse esse tempo para cada resposta.

Quarto — leia todas as questões com todo cuidado, resolva qual vai responder primeiro e, bem rápido, faça anotações sobre tudo o que sabe a respeito das demais questões antes de começar a responder a que lhe pareceu mais fácil. As razões para isso são muito simples:

a) Se todas as questões têm o mesmo valor — digamos 20 — para conseguir 12 de 20 é preciso ser bem eficiente; para conseguir 14 de 20, você tem que ser muito bom mesmo; para conseguir 17 de 20, é preciso saber a matéria toda de trás para a frente.

b) Se você gastar metade do tempo total da prova respondendo muito bem a questão que achar mais fácil, e depois só conseguir responder a mais duas questões das cinco que deveria responder, então vai fazer cerca de 41 pontos (17 para a questão melhor, e 12 para as outras). Mas se responder a todas as cinco razoavelmente, por igual (12 pontos cada), vai fazer 60 pontos. Muito simples.

Fazer breves anotações no início — para cada questão, enquanto sua cabeça ainda está descansada — evita que você seja dominado pelo pânico de achar que nada tem para dizer nas questões que parecem mais difíceis."

Ele concluiu desejando a todos nós "a melhor e mais afortunada sorte deste mundo" — gentil, mas um pouco pomposo. É fácil para ele falar assim: não é ele que vai fazer as provas.

Pete está na faixa do conceito A. Ninguém pode falar com ele sobre as suas provas. Grita com qualquer um que perguntar como foram os exames. Não sei por que faz todo esse escândalo. Não tem como ele se sair mal.

Papai e mamãe estão cheios com essa história. Andam com vontade de ir morar em outro lugar até isso tudo acabar.

5 de junho
Provas começam amanhã.
Não vou entrar em pânico.
Vou ler as questões.
Vou ver quanto tempo eu tenho.
Vou ver a quantas questões preciso responder.
Vou fazer anotações antes de começar.
Vou fazer minha melhor letra.

Vou levar todas as minhas canetas e lápis e a calculadora.

SOCORRO!

P.S. Preciso me lembrar de levar também meu spray antialérgico.

6 de junho
A prova de Inglês foi fácil, mas eu confundi tudo. Não vi a questão que vinha na última página. As resoluções que eu tinha tomado não adiantaram nada. Senti dor de barriga o tempo todo. É a menstruação. Acho que os fiscais deviam fazer algumas concessões.

Foi muito bom mamãe e papai se mostrarem tão tranquilos comigo quanto às provas. A mãe de Kate briga com ela sempre que ela quer sair. Até na sexta-feira à noite ela repete a mesma ladainha: "Mas e seu trabalho de casa? Está fazendo a revisão da matéria para as provas?". E bem na frente das amigas dela. É muito ruim — eu ia querer fazer exatamente o contrário do que ela diz. O que estão pensando? Que a gente quer tirar nota baixa? Pelo menos meus pais parecem confiar em mim (pelo menos na maior parte do tempo). Pedem que eu descanse um pouco do estudo e me trazem xícaras de café. Mamãe faz um esforço especial para que eu faça as refeições na hora certa e me traz lanchinhos.

8 de junho
Matemática, tudo bem. Mas Sheila não foi bem. Ela saiu chorando, no meio da prova. Todo mundo olhou enquanto ela saía. Ninguém entendeu nada. Ela é o gênio da turma.

9 de junho

Graças a Deus pelos fins de semana. Presa a meu cronograma de estudos. Uma hora de biologia, xícara de chá, uma hora de história, xícara de chá e uma volta. Tudo ia muito bem até eu dar com os olhos em uma velha prova de história e não ser capaz de responder a duas das cinco questões. Nunca vou conseguir. Telefonei para Kate e Emma virem almoçar comigo. Kate disse que não podia vir almoçar, mas veio depois. Acho que ela não gosta de comer. Ficamos sabendo que a razão de Sheila abandonar a prova de Matemática nada tinha a ver com Matemática!

Ela anda deprimida há muito tempo porque um homem tentou estuprá-la. Tudo começou há um ano, quando ela arrumou um emprego de meio expediente num bar de um amigo de seu pai. Nos primeiros meses, correu tudo bem, mas depois o dono insistia em ir com ela até em casa, apesar de ela morar muito perto. Durante os feriados do Natal, sempre que a acompanhava até em casa, tentava segurar sua mão. Ela não gostava, mas achou que ele tinha bebido demais, ou algo assim. Começou a ter medo de ir lá, mas não quis desistir por causa do dinheiro.

Uma noite, pelo final de janeiro, ele estava indo com Sheila para casa e segurava sua mão. Aí, sem largar a mão, pôs a mão dela no seu bolso. Ela percebeu que havia um furo no bolso porque sua mão estava tocando a pele dele. Tentou puxar a mão para fora. Ainda estavam caminhando para a casa dela e Sheila não podia dizer nada. Quando chegaram lá, ele a soltou e ela entrou chorando.

Não conseguiu contar nada à sua mãe, que queria saber por que estava chorando. Sheila disse que estava só cansada, foi para a cama e chorou até dormir. Achou que nunca mais ia ouvir falar do homem, mas na semana seguinte, quando não estava em casa, ele telefonou e sua mãe disse que ela podia trabalhar naquela noite. Dessa vez, enquanto vinha com ela para casa, o homem tentou estuprar Sheila de verdade, mas ela conseguiu fugir.

Não foi capaz de contar a ninguém, porque se sentia em parte responsável, mas pensou sobre isso o tempo todo. Odiava o homem e queria matá-lo. Parou de trabalhar depois disso, mas o caso volta sempre à sua lembrança, e fica pensando no que deveria ter feito. Fica muito triste quando pensa em tudo isso, muito magoada mesmo, ela disse. Sheila se sentia tão humilhada e envergonhada que tinha vontade de gritar. Uma vez, quando estava realmente ruim, nem conseguiu beijar seu pai. Sabia que, se beijasse, ia ficar doente. Às vezes se aborrecia com sua mãe e com sua melhor amiga porque não notavam que estava infeliz. Sheila deu alguns sinais e pistas, mas elas nunca entenderam.

As provas foram a gota d'água. Pelo menos agora seus pais já sabem. Está lendo um livro chamado *Contatos íntimos demais e o que fazer a respeito deles*.

Por sorte eu pude contar para minha mãe sobre o tarado que abriu a calça e ficou mostrando aquele troço murcho dentro da catedral, no passeio que a gente fez na França. Mat e Sam acharam engraçado, mas eu não vi graça nenhuma.

11 de junho

Hoje foi História. Respondi às cinco questões. Urra! Todo esse estudo de revisão valeu a pena. Francês de tarde. Un complet desastre, e agora je suis trés triste.

Pete acha que homens como o patrão de Sheila deviam ser castrados. Mamãe acha que não se pode fazer isso, embora eles precisem de algum castigo. Ela repetiu a mesma conclusão de sempre. Todo mundo (incluindo Pete) deve saber quando é preciso dizer NÃO. Como minha amiga Jane fez, quando tinha 13 anos, e aconteceu com ela. A única vez que aconteceu algo parecido comigo foi quando, depois de uma festa, eu e umas amigas estávamos vindo para casa pelo parque. Alguns rapazes mais velhos nos seguiram, chamando a gente de "medrosas". Nunca fiquei tão assustada. Pensei que fossem nos atacar, sobretudo porque uma garota, que estava mais embriagada, era quem vinha na frente deles, como um líder. Por sorte foram embora depois de quinze minutos. Desde então, sigo as dicas de Sally para me precaver:

* Se possível, vou por caminhos bem-iluminados e com muita gente quando vou e volto do colégio ou da casa dos outros.

* Sempre tento andar ao lado de alguém que conheço.

* Nunca aceito carona, embora às vezes eu bem que gostaria.

* Nunca fico muito tempo nos elevadores e nos banheiros (nem podia: fedem demais).

* Só levo o dinheiro necessário (se eu tiver algum!) e não mostro o dinheiro em público.

* Tento dizer aos meus pais aonde estou indo e a que horas vou voltar (eles sempre perguntam mesmo).

* Se for a uma festa, tento garantir antecipadamente um meio de voltar para casa.

* Se alguém tentar tocar em mim de um jeito que não me agrade, falo NÃO bem alto e bem forte, e conto logo a alguém o que aconteceu.

* Se for atacada, devo gritar e correr para onde houver mais gente (melhor correr que enfrentar o agressor).

* Se não puder correr, gritar e dar chutes ou joelhadas no saco do agressor, apertar seu pescoço, tentar arrancar os olhos da cara dele.

Às vezes fico pensando por que os homens nunca tentaram nada contra mim. Talvez eu seja muito feia ou sem peitos (acho que Sally ficou com todos os genes de peitos grandes da nossa família). Pete diz que eu não preciso me preocupar com lições de autodefesa, porque assusto os homens naturalmente. Quem sabe se eu esperar o tempo suficiente, aparece alguém que goste de mim pelo que sou interiormente.

14 de junho

Mandei o plano de estudos para o lixo. Estou cheia dessas provas. Queria que já tivessem acabado. Graças a Deus que minha alergia não tem sido muito forte esse ano. Talvez os sprays tenham ajudado, ou talvez a atmosfera ande mais limpa.

19 de junho

O Grande Dia! ACABARAM, e tem uma festa na casa do Mark. Mary veio se aprontar às 3. A festa só ia começar às 8. Estava linda naquele seu vestido. Fiquei com muita inveja e tive um monte de dúvidas sobre minha saia nova, mas Mary disse que estava ótima. Às vezes ela é uma amiga excelente. Experimentei um batom novo — um cor-de-rosa meio escurecido — mas era escuro demais. Misturei com o batom normal e meus lábios acabaram ficando iguais a um morango com cobertura de chocolate. Por falar em chocolate, estou começando uma dieta. Ainda estou com 56 quilos!

Chegamos à casa do Mark às oito e meia e imediatamente tive vontade de estar vestindo outra roupa. Fiquei um pouco nervosa porque não vi muitos dos meus amigos, embora alguns dos amigos do Pete estivessem lá, inclusive o Sam, e então Mary e eu fomos para perto deles. Mary ficou se atirando toda para cima do Sam, feito uma cachorra no cio, e eu fiquei louca de ciúme. Dei um ataque e berrei que ia pegar uma bebida. Fui logo seguida pelo Sam, que veio com a tradicional conversa do tipo:

— Mas o que há com você?

Como é que eu podia explicar? Peguei minha bebida e fui até o banheiro. Quando saí, vi Randy Jo e a peituda da Brenda muito atarefados atrás do sofá. Não admira que Pete não tenha respeito por ela. Do jeito que se comporta, é de espantar que ainda não esteja grávida.

Sentei embaixo da escada por meia hora, afogando minhas mágoas na bebida. Não sei por que bebo — é mais depressivo que estimulante, e o pior é que no dia seguinte me sinto um trapo. Enquanto estava ali sentada, alguém que eu não conhecia tentou me oferecer algo, mas nem sei dizer o que era. Eu não ia experimentar de jeito nenhum. Acho que é doidice usar drogas como cocaína, heroína e anfetaminas. Devem continuar todas ilegais para que as pessoas não usem. Mas cigarro e bebida também são drogas — e eu uso. Acho muito errado alguém ganhar tanto dinheiro fazendo comércio de coisas que estão matando tanta gente e destruindo tantas vidas.

John veio ver se eu estava bem, e por alguma razão desconhecida (talvez a bebida) eu contei a ele tudo sobre Sam. John concluiu que eu precisava me animar, então me levou para conhecer um amigo dele, Charlie, depois de eu ir ao banheiro ver se minha cara estava boa. Pareceu um cara legal, inteligente e não é feio — cabelo escuro e olhos azuis. Falamos sobre música, colégio (está no último período) e como a cidade está ficando enjoada. Na verdade tínhamos muita coisa em comum e eu me senti realmente à vontade conversando com ele. Não tentou fazer pose babaca de machão quando seus amigos chegaram, o que foi uma novidade para mim. Perguntou se eu gostaria de andar um pouquinho lá fora, o que me deixou um pouco nervosa. Alguns rapazes veem nisso só uma oportunidade de beijar a gente na boca, o que pode cortar todo o clima. Eu não queria que nada sério acontecesse, mas não senti nenhuma pressão da parte do Charlie. Ele nem tentou apalpar meu sutiã. Escreveu o número de seu telefone e lhe dei o meu, mas provavelmente foi um encontro só de uma noite, uma dessas coisas que passam e não voltam, a matéria de que os sonhos são feitos. Se ele não telefonar, foi bom enquanto durou. Se telefonar, vou estar no céu.

21 de junho

Ele não ligou. Besteira minha achar que fosse ligar. Será que devia ligar para ele e perguntar se perdeu meu telefone? Com que cara vou ficar se ele não tiver perdido e não quiser me ver de novo? Por que sou tão boba? Na verdade, nem estou tão certa assim de que quero ver Charlie de novo. Pelo que Pete disse ontem, ele pode estar envolvido com drogas.

22 de junho

Um pacto entre mim, Emma e Kate: não comer nada que nos faça mal à saúde. Estamos todas com a pele ruim depois da comilança nervosa durante as provas.

27 de junho
Até aqui, consegui ficar sem comer:
chocolate por dois dias

bolo por quatro dias

açúcar por cinco dias

sorvete por uma semana

Estava mesmo me sentindo uma baleia, mas ainda não cheguei ao estágio da sardinha. Kate perdeu 2 quilos, e ela partiu apenas de 45 quilos. Diz que quer ser bailarina. Se não tomar cuidado, vai acabar com anorexia.

Capítulo 9
A GORDURA ESTÁ NOS OLHOS DE QUEM VÊ

2 de julho
A dieta não durou muito. Todas paramos, menos Kate. Concluímos que era uma estupidez, mas ela ficou obcecada. Não quis vir a um chá para comemorar o fim da dieta. Deu a desculpa esfarrapada de que precisava encontrar sua mãe, mas tenho certeza de que a verdade é que não queria comer. Segundo minha mãe, Sally teve um período em que ficou quase sem comer durante meses, mas não aconteceu nada muito ruim. Mamãe desencavou um livreto que comprou para Sally naquela época.

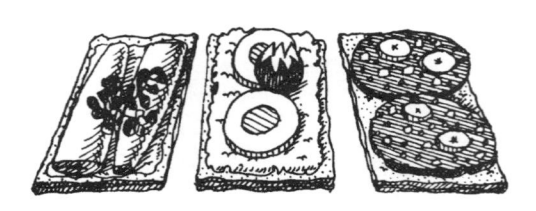

ANOREXIA

Não sei bem como começou minha anorexia. Tudo o que lembro é que queria ser tão magra quanto uma amiga minha. Eu não era gorda nem nada. Era do tamanho normal. Mas por algum motivo tinha uma vontade desesperada de ser mais magra, como a minha amiga.

Nessa época – eu devia ter 12 anos –, percebi que meu irmão era mais magro que eu, mas não foi aí que comecei a fazer dieta. Minha mãe sempre se intrometeu muito naquilo que eu e meu irmão comíamos, sobretudo para não prejudicar os dentes. Nunca pudemos tocar em balas e batata frita, só um doce de vez em quando. Meu pai era um homem bem gordo e minha mãe achava que nada seria pior do que ter filhos gordos também.

Foi no meu segundo ano no colégio que resolvi que devia ficar do mesmo tamanho que minha amiga. Não me lembro de ter acordado um dia com a ideia de fazer dieta. Foi um processo bem gradual.

Um ano depois eu estava muito abaixo de meu peso e o diagnóstico foi anorexia. Eu teria uma semana de vida se não começasse a comer direito. Ao longo desse ano, eu tinha modificado meus hábitos de alimentação drasticamente.

Comecei comendo fruta no café da manhã, empadão de porco no almoço e um jantar leve. Levava séculos para comer cada coisa, enquanto, de propósito, cortava tudo em pedacinhos mínimos, a mesma história todos os dias. Minhas refeições tinham que ser na hora certa, e um pouco antes ou um pouco depois seria um desastre. Lembro-me muito bem de cortar o empadão de porco em pedaços bem pequenos e ficar chupando bem devagar cada pedacinho de carne. Depois meu café da manhã passou a ser uma pequena fatia de melão, e o almoço era só um ovo (tinha que ser preparado de um jeito muito especial, e se não fosse assim eu ia ter muito problema para comer). Comecei também a fazer um monte de exercícios.

Quando fui com minha família para a Cornuália, onde costumamos passar as férias, as amigas que eu sempre encontrava lá notaram que eu estava diferente. Além de me acharem mais magra, perceberam que meu jeito de ser havia mudado muito. Vivia muito isolada, quase igual a uma mulher velha. Achava infantilidade aqueles jogos na areia das praias então ficava tomando sol como minha mãe. Tornei-me muito dependente dela e não queria me divertir como as outras meninas.

Quando voltamos para casa, todo dia era a mesma história, e mais uma vez mudei minha alimentação. O almoço ficou sendo uma salada de galinha, que só eu podia preparar. A vida virou um inferno para todo mundo e eu tirava a liberdade da família toda. Sair para comer era uma perda de tempo e de dinheiro, e não só eu, mas ninguém apreciava a experiência. Então as coisas pioraram ainda mais, sem café da manhã, uma pequena salada sem galinha no almoço (meus pais não sabiam disso) e pedacinhos de legumes no jantar.

A estação mudou e eu me lembro de sentir muito frio no outono. Meus pais ficaram preocupados. Agora era óbvio que alguma coisa estava errada. (Imagino que tenham notado isso bem antes, mas não queriam encarar os fatos.) Minha mãe teve medo de que eu estivesse com anorexia, e disse que se eu não me cuidasse ia ter que ser alimentada por um tubo enfiado nas minhas veias. Fiquei zangada com ela e disse para deixar de ser estúpida. Como podia mandar uma pessoa gorda como eu comer mais e ganhar peso? O fato de eu pesar muitos quilos a menos que minhas amigas nunca bastou para me dar aquele estalo na cabeça e compreender que talvez eu estivesse mesmo muito magra. Prossegui meus exercícios e continuei me recusando a comer. Acho que se pode dizer que caí num círculo vicioso e minha anorexia acabou me dominando inteiramente.

Mas, no dia 12 de novembro tive que ir ao hospital. (Tinha 14 anos e 1 metro e 63 centímetros de altura.) Pesava só 34 quilos, mas não queria ir lá de jeito nenhum. Não queria nenhum tipo de ajuda, embora me lembre de ter sido obrigada a comer um hambúrguer alguns dias antes e de ter gostado muito. Há muito tempo não comia um sanduíche assim, e tinha me esquecido do sabor que tinha. Porém, não havia como eu admitir isso para ninguém. Meus pais iriam me fazer comer mais hambúrgueres, e eu ia me sentir culpada.

Quando cheguei ao hospital, me disseram que se eu não ganhasse 9 quilos até o final do ano, eu não ia poder ir passar o Natal em casa com minha família. O Natal sempre significou muito para mim, mas minha anorexia era tão forte que eu nem me importava mais que não fosse passar o Natal em casa. Só não queria ganhar peso. No final fui mesmo para casa – só para o dia de Natal – porque me forçaram a comer.

No hospital, eu tinha que comer três grandes refeições por dia e três lanches com leite misturado com calorias em pó. Cada refeição me tomava duas horas, e cada lanche uma hora. Depois eu tinha que ficar meia hora na cama. Foi a coisa mais cansativa que fiz em toda minha vida. Eu preferia que me mandassem correr dois quilômetros, mas uma enfermeira ficava sempre tomando conta de mim durante as refeições e o tempo todo. É claro que todo mundo cuidava muito bem de mim. Todo dia recebia uma carta de minha mãe, além de muitas cartas de meus amigos. Finalmente cheguei ao peso desejado, e no dia 1º de fevereiro deixaram que fosse para casa. Pude ir para casa, mas meu tratamento continuou, e tinha que ir periodicamente ao hospital, com minha família ou mesmo sozinha, para reuniões de orientação e terapia, porque ainda era uma paciente, só que externa.

O que mais me ajudou enquanto eu estava no hospital foi o carinho de minha família e de meus amigos. Mas no início foi diferente. Quando foi diagnosticada a anorexia, as pessoas reagiram de ma-neiras diferentes. Minha família ficou chocada e aborrecida. Foi difícil para eles compreender meus problemas alimentares, sobre-tudo meu irmão, que adora comer. O que as pessoas não entendem é que o anoréxico adora comida. Adora tanto que tem medo de co-meçar a comer e não conseguir parar. Mas a força da anorexia é tão grande que não permite que a pessoa coma e aprecie a comida.

Meus avós também acharam o caso perturbador. Nunca tinham ouvida falar dessa doença. Achavam que no tempo deles ela nem existia. Acharam muito esquisito que eu não quisesse comer. Mesmo agora ainda acho que eles não entenderam.

A única pessoa na minha família que chegou mais perto de compreender o caso foi minha mãe. Ela já teve uma certa mania em relação à comida, de modo que é mais fácil para ela me ajudar do que para os outros. O carinho e a compreensão que ela me transmitiu e o amor que todos demonstraram foi o que me incentivou a tentar melhorar – nem que fosse só por eles, e não por mim mesma.

O QUE É ANOREXIA?

Anorexia nervosa é algo que acontece com mais frequência do que você pode imaginar. Não são só as garotas que têm o problema, mas é muito mais comum nelas do que nos rapazes. Uma em cada duzentas adolescentes sofre de anorexia, mas só um em cada 2.000 rapazes. Normalmente começa no meio da adolescência (é mais rara antes dos 13 anos). Meninas que estudam teatro, balé ou fazem curso de modelo correm um risco maior.

Existem muitas teorias para explicar as razões da doença. Por exemplo, pode ser uma manifestação de depressão, uma reação ao estresse, uma tentativa de fugir dos conflitos da fase de cresci-mento, ou a consequência de algum sentimento de abandono e desamparo, do medo de perder o controle do apetite e não con-seguir mais parar de comer.

O elemento comum em todas estas explicações é o estresse e a tensão sentidos nessa faixa de idade por pessoas de ambos os sexos. Por exemplo, espera-se que a mulher-padrão seja magra, bonita, inteligente, afetuosa, competente, delicada, firme, empreen-dedora etc. etc. Ideais que uma menina no início da adolescência

esforço de manter o controle de pelo menos uma coisa na vida – o peso –, é compreensível que ela crie uma mania.

Algo que todos os anoréxicos têm em comum é que todos superestimam sua gordura. Mesmo que sejam magros e com evidente carência de peso, eles se acham gordos.

O que acontece primeiro?

– a pessoa perde muito peso, deixando deliberadamente de comer ou fazendo muito exercício.
– a pessoa fica obcecada com a ideia de que está gorda, e que isso é algo horrível.
– no caso das moças, para de menstruar.

Que outras coisas podem acontecer?

– braços e pernas ficam finos como palitos.
– mãos e pés ficam azuis e muito sujeitos a frieiras.
– dificuldade para dormir.
– incapacidade de se concentrar, embora a pessoa pense que está muito lúcida.
– grande sensibilidade para o frio.
– pele ressecada e crescem cabelos no pescoço, nos braços e nas pernas.
– o coração bate cada vez mais devagar.
– tristeza e depressão crescentes.
– uso compulsivo de laxantes (remédios que fazem evacuar muito e impedem que os alimentos sejam absorvidos, mas podem também fazer muito mal).

A pessoa pode estar ficando anoréxica quando:

– se mostra obcecada com comida, tem mania de cozinhar para os outros, mas não para si mesma.
– fica muito magra.
– se mostra intranquila quando a comida está sendo posta na mesa, não se senta para comer com os outros e fica revirando a comida no prato em lugar de comer.
– sai da mesa antes da refeição terminar (muitas vezes para cuspir a comida em algum canto ou ir se trancar no banheiro).
– vive se pesando e registrando as menores diferenças.
– torna-se solitária e cheia de segredos.
– diz para todo mundo que não está com problema algum, sobretudo em relação ao peso.
– faz um monte de exercícios, sempre com exagero.
– usa roupas que escondem sua magreza.

Existe algum tratamento?

Por ora, não é possível evitar que uma pessoa fique com anorexia, e existe muita discussão a respeito do melhor modo de tratar a doença. Entretanto, a maioria dos anoréxicos se cura, e apenas um em cada três volta a ter problemas.

Contudo, primeiro é preciso que alguém reconheça que existe um problema, e não costuma ser a própria pessoa doente que reconhece isso. Em segundo lugar, a pessoa doente precisa ser convencida de que precisa de ajuda. Não importa muito de quem parta a ajuda inicial – pais, familiares, professores, amigos. Depois disso, o melhor é procurar o médico da família, que poderá então solicitar a ajuda de um especialista no hospital. Em geral, o tratamento pode ser feito mediante visitas regulares ao hospital, mas se o anoréxico estiver muito, muito magro mesmo, deverá ficar no hospital por várias semanas. Isto porque a anorexia pode ser muito perigosa. Algumas pessoas morrem em consequência da inanição.

Mamãe disse que leu em algum lugar que se a gente põe comida num prato muito grande, o anoréxico pensa que está comendo uma quantidade menor de alimento do que na realidade está. Francamente, eu não consigo entender como alguém pode ficar passando fome desse jeito.

Comi um empadão inteiro e três tortinhas de geleia com creme depois de ler tudo isso.

5 de julho

Pelo menos o Pete parece que arrumou uma namorada decente. É a Sandy (que costumava sair com o Randy Jo e ainda não tem dezesseis anos). Kate contou que a mãe dela disse que o pai está no hospital. Fico satisfeita de verdade pelo Pete ter achado finalmente alguém que goste dele.

Capítulo 10
MAS DE QUEM É ESSE TRABALHO?

6 de julho

É estranho não ter mais que estudar todo dia. Não sei o que fazer para encher o tempo. Papai diz que eu e o Pete devíamos lavar a roupa toda e cuidar dos trabalhos domésticos. Mamãe nos liberou de tudo durante as provas. Para início de conversa, os pais não deviam ter filhos se não podem cuidar das tarefas de casa.

Ando um pouco assustada com a experiência de ter que trabalhar na semana que vem. Sam conseguiu um trabalho junto com Pete, descarregando caminhões. Eu gostaria de ir trabalhar com ele. Esta foi minha primeira opção. A segunda foi ajudar um advogado. Ia gostar disso também, imaginei crimes, sexo e violência. Mas a vaga ficou para o John. Talvez me conte depois os detalhes mais suculentos. Na verdade, fiquei bastante decepcionada. O que foi que sobrou para mim? Trabalhar como assistente numa escola primária, onde quase todas as professoras são mulheres. Uma flagrante manifestação sexista, embora o senhor Rogers tenha dito que nada tem a ver com sexo, e sim que é desse jeito que as coisas funcionam. De novo a velha hipocrisia.

Chovendo, nada para fazer. Estou cheia, desanimada, triste. Isso me lembra o que passei quando tinha 13 anos. Nessa época eu costumava pensar que era a única pessoa triste, mas depois descobri que muita gente tem seus problemas também. Às vezes eu chegava do colégio, subia direto para o quarto e chorava. Achava que tudo e todos estavam contra mim e não tinha vida social alguma, nem sequer amigos. Achava que meus pais não ligavam para mim, que ninguém se importava comigo. Ficava falando com meus ursinhos de pelúcia ou com Bovril, já que eles não podiam me responder, como o Pete sempre faz. Lembro-me de minha mãe dizer:

— Isso é coisa da sua idade mesmo.

Se eu soubesse na época como ela tinha razão! Eu achava que era a única pessoa no mundo todo que se sentia assim. Todos os outros me pareciam felizes da vida, podiam fazer os deveres da escola e tinham amigos com quem podiam conversar. Agora, no colégio, a gente brinca quando se lembra disso, e ficamos comparando o que cada um de nós sentia naquela fase. Mas hoje não me sinto disposta a rir e fazer piadas.

8 de julho

Péssimo dia. Mamãe disse que eu não ia poder sair, a menos que limpasse o meu quarto. Tenho 16 anos e ela me trata como uma criança.

9 de julho

Melhorou. Primeiro dia de experiência no trabalho. As crianças são mesmo uma doçura, mas são muitas. Eu e Emma nem podíamos sair para o pátio com medo de ser pisoteadas pela massa de criancinhas de 5 anos. Uma menininha pulou de repente nas minhas costas. Acabou caindo de cara num degrau e cortou o lábio. Eu não sabia o que fazer. Tinha sangue para todo lado. Então a inspetora apareceu e levou-a para a secretaria.

É um grande estímulo para o ego ver trinta crianças de olhos voltados para a cara da gente.

Também foi bom sentir que eu posso ensinar alguma coisa para elas. (Muito diferente do permanente desinteresse dos meus amigos.)

10 de julho

Problemas com a professora com quem estou trabalhando. Ela foi logo me dando uma tarefa específica para cumprir. Quando viu como eu estava me divertindo dando uma ajudinha na sala onde as crianças ficam desenhando, ela me entregou uma caixa cheia de lápis para eu fazer ponta. Emma teve também o mesmo problema, e ficamos comparando nossos casos ao final do dia. A professora também fica aborrecida se eu me mostro muito afetuosa com as crianças. Na verdade, com a carinha linda que muitas delas têm, não garanto que não acabe levando uma ou duas comigo para casa. Salas de aula são um paraíso para a procriação dos piolhos, com as crianças trabalhando com as cabeças muito perto umas das outras e andando juntas também. Quase dá para ver os piolhos rastejando de uma cabeça para a outra. Já tive piolho uma vez neste ano, e chega, obrigada.

11 de julho

A senhora Joels me mandou comprar umas fitas para um trabalho. O jeito de alguns vendedores olharem para pessoas da minha idade é um verdadeiro insulto. Os olhos desse de hoje me seguiam para todo lado. Acham que somos todos ladrões e vândalos de lojas. Velhinhos também roubam as coisas. Desde quando ser jovem significa ser ladrão, vândalo ou qualquer coisa com menos inteligência que um tijolo? Também dão sempre em cima quando a gente fala um palavrão, mas eles mesmos são muito descarados.

Mamãe também cada vez me irrita mais. Faço uma perguntinha simples e ela me atira um discurso interminável que me deixa louca.

13 de julho

Estou feliz por me ver livre dos apertões daquelas mãos grudentas. Ontem fiquei sentada só pensando: "Não me toquem". Mas hoje tive que sorrir comovida quando toda a turma com que eu trabalhei se despediu me dando beijinhos e cartões de agradecimento. Gostei da variedade do trabalho, mas acho que da próxima vez vou deixar claro desde o princípio que nenhuma criança poderá tocar em mim. No início, estava tão ansiosa para que me aceitassem que não compreendi as consequências de permitir que uma delas sentasse no meu colo. Agora sinto um certo alívio por me ver livre daquelas vozezinhas me chamando o tempo todo, e da professora estúpida, que nem sequer se despediu de mim.

O Pete anda insuportável. Não quer que eu vá às mesmas festas a que ele vai, mesmo que eu tenha sido convidada. Acho que mamãe deve ter dito alguma coisa a respeito de Brenda. Falei com Pete que isso já era paranoia da parte dele. Ele odeia quando uso essas palavras complicadas. Apostou comigo que eu não sabia o sentido, mas eu expliquei qual era: "Pensar que as pessoas estão perseguindo a gente, quando na verdade não estão". Também sou hipocondríaca e inteligente! Ele acha que é o único que sabe das coisas, mas as meninas também têm miolo na cabeça.

Um monte de gente anda largando a escola — para trabalhar, ir para cursos técnicos ou para o desemprego. Estou furiosa porque o pai da Sheila não deixou que ela continuasse no colégio. Disse que meninas não precisam de educação superior, já que vão se ocupar apenas com a família. Fascista Neovitoriano.

16 de julho

Cartinha deliciosa de Charlotte, que continua se dando muito bem em Birmingham. Sinto falta dela.

Querida Susie

Espero que esta carta chegue antes de você ir viajar. Se não chegar, foi por causa da chatice da greve dos carteiros. Como vai? O quê? Ha ha, de novo, ha ha, fez estágio num trabalho, ha ha, intelectual, não é? Meu Deus, essa noite estou com uma cabeça tão madura! Acho que é porque esta é a noite do meu aniversário. Sabia? Posso até ver você balançando a cabeça. Em geral não sou assim, sou??? As aulas terminaram, o que é um alívio. Tenho muitas tarefas para as férias – dois projetos de arte e algumas lindas dissertações. Mesmo assim, quis arrumar um trabalho. (Viu aquele anúncio: ARRUME UM EMPREGO? Dá um certo medo, eu admito.) Um emprego no bar (pois é, apesar de eu não ter ainda idade), não o que fica na estrada, mas um aqui perto, que dá para ir de bicicleta. Vi uns caras formidáveis servindo naquele bar – você está entendendo, não está?

Foi ótimo falar com você no telefone dias atrás. Mas eu mal entendia o que você estava dizendo. Portanto, se eu dei alguma resposta fora de lugar, é porque não podia ouvir direito e fiquei só dizendo "sim", "é", "pode ser", "pois é", coisas que falo para os meus pais quando não estou escutando o que dizem. Tomara que você se divirta muito nas férias. Daqui a duas semanas vou viajar, o que vai ser muito legal.

Como vai sua decisão de não comer doces, bolos e batata frita? Desistiu, não foi? Não consigo passar um só dia sem comer pelo menos um pedaço de chocolate. Tenho certeza de que já é um vício. Vou nadar todas as manhãs para manter a mim e a meu corpo em forma. Sim, mesmo na manhã de meu aniversário.

Puxa, Charlotte, como você pode ser tão maravilhosa? Meu irmão é um saco. Sempre bobo, dizendo coisas espetaculares como:

– Charlotte tem uns cabelinhos crescendo no seu queixo, igual à mamãe.

Criatura adorável. Detesto essa idade: seis anos. (Eu também digo o mesmo, depois do meu estágio na escola primária.)

Bem, minha querida, acho que vou parar por aqui. Sua melhor amiga, sempre

Charlotte xxx

19 de julho

Brenda foi aprovada no exame de motorista. Pete acha que foram os peitos dela que ajudaram. É um verdadeiro porco chovinista machão.

Tomei vacina contra o tétano hoje na escola. Só preciso de outra dose daqui a dez anos, e mais nenhuma picada de agulha caso eu me corte. Devia ter tomado no ano passado, mas me esqueci de entregar para a mamãe o aviso para ela assinar (fiquei com medo da agulhada, na verdade). Tive que suportar todas as gozações dos colegas na fila. "Aposto que vai doer", "E se eu desmaiar?", "Estou sentindo uma coisa estranha", "Por favor, dona, deixa eu tomar outro dia?", "Caramba, olhe só o tamanho da agulha". Não sei por que tanto escândalo. Só fica doendo se a gente levar uma pancada no braço um pouco depois da vacina. Aproveitei e mandei vir também, ao mesmo tempo, uma gotinha contra a pólio.

Teremos que fazer nossas opções para o próximo período escolar amanhã, quando acabar nosso curso de iniciação. Não tenho a mínima ideia de que escolher. Não posso decidir, na verdade, antes de saber o resultado de meus exames, posso? Pete sugeriu me especializar em Tricô, Engenharia de Petróleo e Francês. Tomara que ele se ferre. Mamãe sugeriu Biologia, História e Inglês. Papai sugeriu Matemática, Física e Biologia. Minha professora de Física, senhora Boil, me ajudou. Perguntou que tipo de trabalho eu gostaria de ter no futuro. Não tinha pensado nisso. Pensei em ser veterinária, na minha fase "bichinhos de pelúcia". Nos últimos dez anos, já senti vontade de ser piloto de carro de corrida, advogada, freira, contadora, engenheira de informática, mulher de negócios, balconista, exploradora, piloto de jato, atriz, poeta, romancista. Agora chegou a hora de tomar alguma decisão, e eu não sei decidir.

Acabei optando por Matemática, Física e Inglês, mas depois ainda posso mudar, se quiser.

20 de julho

Hoje terminam os compromissos no colégio. Pete, Sam e seus amigos vão para a Escócia num dos carros do pai de Sam (ele tem dois). Muitos de nós não temos carro algum. Papai ficou a pé por cinco anos. Tenho tanta vontade de ir com eles que até aceitava a companhia do Pete. Mas todo mundo disse não, não, não. Não do Pete, não do Sam, não dos meus pais. Odeio meus pais. Já tenho 16 anos e o que eles têm medo que eu faça? Por que não confiam em mim? Ia só me divertir à beça. Só isso. E seria melhor do que ir para o País de Gales com mamãe e papai e vovó.

Em todo caso, eu não podia ir mesmo, pois Marie vai chegar da França na semana que vem. Tomara que a gente tenha mais a dizer uma para a outra do que quando estive lá.

29 de julho

Marie chegou, e não vai ser nada fácil. Pete partiu para a Escócia, alternando a direção do carro com o Sam (Pete finalmente foi aprovado no exame para motorista). Saíram pela rua a 80 quilômetros por hora e cantaram o pneu na esquina. Papai tentou lembrar se tinha feito seguro de vida para o Pete. Mamãe o chamou de "desalmado", e começou a chorar.

Capítulo 11
UM AMOR DE VERÃO?

1º de agosto
Grandes férias de verão:

Escrevendo sentada no banco de trás, espremida entre vovó e Marie, a caminho de sei lá onde.

A dentadura reserva da vovó está numa caixa de plástico, que fica espetando meu pescoço.

O carro já quebrou duas vezes.

A chuva não para.

Mais essa: engarrafamento de oito quilômetros na estrada.

Bovril anda meio doente e fedendo.

Marie ficou chateada porque Pete não veio junto.

Eu fiquei chateada porque Marie veio e Sam foi com o Pete.

Papai está chateado porque vovó veio.

Mamãe está chateada porque papai ficou chateado.

Vovó não para de falar um segundo.

E tudo isso para quê? Duas semanas num trailer no úmido e ventoso País de Gales.

Cinco horas depois, e ainda não chegamos. Na verdade, não estamos em lugar nenhum, pois estamos perdidos. Mamãe fez questão de um pouco de "cultura": uma visita a Ironbridge, um lugar cheio de coisas que aconteceram no tempo da Revolução Industrial. Por sorte, estudei um pouquinho do assunto no colégio. Marie achou tudo um tédio e preferiu passar o tempo no bar, "com dor de cabeça". Fui dar com ela batendo papo com um bonitão que falava francês. Primeiras palavras que ouvi Marie falar desde que partimos.

Papai está arrasado. A tradicional reclamação de que as mulheres são desprovidas do gene que possibilita a leitura de mapas. Machista. Sou muito melhor que o Pete para descobrir meu caminho e me orientar.

2 de agosto

Acordei confortavelmente espremida contra o teto. Uma nesga de sol está entrando por uma fresta. Bovril está sentada na minha cabeça, nas imediações de minha orelha esquerda. Escuto o barulho do papai fazendo xixi no banheiro. Cheirinho bom da vovó preparando o chá. Uma xícara fumegante apareceu na beirada do meu beliche. A voz da mamãe mandando todo mundo calar a boca. Marie está igual a um peixe morto no outro beliche.

Um pequeno probleminha: estou menstruada de novo. Será que mamãe e Marie (acho que vovó não conta mais) também vão ficar, todas ao mesmo tempo e na mesma casa? Devem ser nossos "feromônios". Segundo eu li, são eles que podem causar isso: todas nós ficarmos menstruadas ao mesmo tempo.

Estou sentada no meu beliche, num trailer, escrevendo isso e lendo um livro. Outra história de um menino que se apaixona pela professora. Não sei o que veem nelas. Por que não se apaixonam por mim? Muito legal não ter que acordar e sair da cama. Mas não é nada legal a gente não poder sequer dar um peido sem que as outras pessoas fiquem logo sabendo, de tão espremida que a gente está. Mas isso não significa nada para a vovó. Acho que ela não se importa que os outros percebam, já que ela não pode mesmo controlar. Privilégio dos velhos. Gostaria de ter uma máscara antigases nesse momento. Se alguém riscar um fósforo, vai tudo pelos ares. Serei forçada a levantar para fugir do cheiro.

Na última vez em que peidei, o pedante do Pete teve logo que notar.

— Constato que você está liberando flatos através da extremidade distal de seu aparelho digestivo. Não poderia, em lugar disso, se limitar a uma eructação?

Como de hábito, ele tinha que ir adiante e explicar que meu peido era, em parte, o ar que eu havia engolido por falar demais, e em parte, também, gás metano e gás sulfídrico liberados nas minhas tripas pelos micro-organismos que elaboram o alimento que comi. Tudo isso na frente do Sam.

— Você virou um enorme peido ambulante, sendo vegetariana e teimando em comer tantos feijões assim.

Na verdade, ele é que é um peidão gigante, metido a saber a resposta para tudo. Mas sinto saudades dele nestas férias.

3 de agosto

Sol, sol, sol. Marie veio toda equipada: óculos escuros, óleo bronzeador, protetor solar de vários graus, creme para a pele, toalhas, tudo, tudo. Seu biquíni é do tamanho de quatro cocozinhos de camundongo. Mamãe ficou horrorizada. Fica o tempo todo dizendo que está muito frio e que Marie devia vestir uma camiseta. Comparado ao dela, meu biquíni parece uma casaca, e só trouxe comigo uma toalha de rosto velha da mamãe e um vidro de loção do ano passado.

Passei a manhã deitada na areia. No início, éramos só nós duas, mas aos poucos fomos sendo rodeadas por figuras masculinas, todos muito brancos, todos de olho na Marie. Faziam uns comentários e riam feito doidos. Aí chegou a vovó com uma cadeirinha de armar, umas bermudas largas e os cabelos espirrando para fora de uma touca de banho. Ela arriou ao lado de Marie, estragando todo o seu clima sexy. Às vezes os velhos atrapalham muito. Não que vovó tenha reparado nisso. Arrematou a cena pegando as agulhas e começando a fazer tricô. A cabeça dela vai caindo de sono toda hora. Na noite passada dormiu na frente do prato de sopa. Vovó diz que não pode fazer nada, e o médico falou que isso se chama narcolepsia. Para mim é só coisa de gente velha, e para o papai também. Meus pais passaram a manhã no trailer. Queria saber o que ficaram fazendo lá!

Marie está diferente do que era na França. A mãe dela é uma "madame" de verdade, e é muito rígida com Marie. Agora que Marie está aqui, longe dela, quer agitação o tempo todo, cinema e discoteca todas as noites. Espero que eu não tenha que aguentar suas lamúrias e reclamações o tempo todo.

Ao entardecer, eu estava moída pelo sol, mas ainda estava branca branca. Pedi emprestado o protetor solar número 15 de Marie. Tenho pavor de ficar com câncer de pele. Mas na verdade essa cor branca é ridícula demais. Amanhã vou usar o 10. Foi aí que olhei minhas costas no espelho! Uma grande faixa vermelha onde eu não tinha passado direito o protetor — dava para ver até mesmo as marcas de meus dedos! Logo na hora em que eu estava pensando em ficar com o corpo todo bronzeado e bonito.

É duro ficar com alguém que a gente não conhece direito, e nem gosta muito, num espaço tão pequeno assim. Marie disse que ia dar uma voltinha antes do jantar. Que "voltinha"! Quando fui comprar leite na mercearia da praia, lá estava ela conversando com uns caras sebosos que tinham acampado por ali. Não que eu tenha inveja, ou tenha ficado com ciúmes, mas bem que gostaria de algum tipo de "romance de férias". Alguma coisa para contar à Kate e às outras garotas quando eu voltasse. Afinal de contas, as férias foram feitas para a gente se divertir. A Kate sempre acaba conhecendo algum cara bonitão de 20 anos de idade, que tem um Porsche — pelo menos é o que ela conta. Ela sempre mente a respeito da idade e acha que pode violar todas as regras nas férias.

4 de agosto

Sol. Dei um show de malabarismo com os cremes protetores da Marie. Passei o número 12 na maior parte do corpo e o número 15 nas partes que antes ficaram desprotegidas. Pedi que Marie esfregasse o creme nas minhas costas, mas um dos seus admiradores com cara de cafetão logo se abaixou, pegou o vidro da mão dela e começou a esfregar. Fiquei tão sem graça que tive vontade de me enterrar na areia e sumir, mas até que foi gentileza dele. Seu nome é Lee. Achou genial eu ser vegetariana, já que ele apoia os Verdes. Trabalha como técnico num laboratório perto de Newcastle. No café, mais tarde, nós ficamos conversando, enquanto Marie desaparecia para o lado da barraca daqueles sebosos.

5 de agosto

Sol. Encontrei Lee de novo na praia. Fez um comentário meio bruto quando eu estava colocando desodorante depois de ter mergulhado. Seu trabalho tem a ver com um projeto para medir a radiação que vem do sol e alcança a Terra. Falou como o clorofluorcarboneto (uma substância que vem nos tubos de spray) está destruindo a camada de ozônio que recobre nosso planeta nos altos estratos da atmosfera. Um só átomo dessa substância ferra com 10.000 moléculas de ozônio. Parece que ele sabe tudo sobre o assunto, e diz que a camada de ozônio é importante porque barra os raios ultravioleta antes que toquem a superfície da Terra. Esses raios ultravioleta provocam o câncer na pele, e quanto mais raios passarem, mais pessoas que pegam sol vão ficar com câncer na pele. Lee disse que outro problema é que as pessoas hoje em dia tomam mais sol do que antigamente. Por sorte, os protetores solares de alta graduação (12 a 15) ajudam a reduzir os efeitos dos raios ultravioleta. Nos países mais quentes, as pessoas há muito tempo sabem que devem evitar o sol no período entre 11 e 15 horas. É quando o sol fica mais forte e pode ser mais prejudicial. Eu já estava ficando muito preocupada, quando Lee disse que o câncer da pele só ocorre quando a gente fica mais velha. Mas disse que eu devia começar a pensar sobre isso desde já, porque se eu pegar uma queimadura de sol muito feia ou pegar sol muito tempo seguido, isso pode danificar minha pele e aumentar minhas chances de sofrer de câncer de pele quando ficar mais velha.

Mamãe está ficando furiosa com Marie. Ela passa o tempo todo com os rapazes das barracas e mamãe não sabe o que fazer. Deve ser muito pior quando a gente precisa tomar conta dos filhos dos outros. Papai foi convocado para dar um duro nela. Mamãe levou a mim e a vovó para o bar. Juro que eu podia ouvir de lá os gritos de meu pai. Marie ficou com os olhos vermelhos. Toda sua maquiagem tinha se derretido quando voltamos. Papai disse que eu não tinha razão para ficar com cara de satisfeita e que era melhor me comportar direito, senão também ia sobrar para mim. Maior baixo-astral no trailer. Que férias. E eu que queria ir encontrar o Lee.

6 de agosto

Chuva. Marie está com problemas mesmo. Agora são as aranhas. Não gosto delas, mas Marie fica doida. Mamãe diz que é fobia, e bem que gostaria que fosse "fobia de rapazes". Um trailer definitivamente não é um bom lugar para passar as férias se a gente não gosta de aranhas.

Ficamos conversando sobre as coisas de que as pessoas sentem medo. Papai leu que a Rainha Elizabeth I odiava rosas. Freud, o Rei da Psicanálise, odiava viagens, e o Rei Eduardo VII não admitia que ninguém falasse o número 13. Hans Christian Andersen tinha medo de tudo. Tinha tanto medo do fogo que, quando dormia num hotel, tinha sempre uma corda do lado para poder escapar. Também tinha pavor de poeira e lavava as mãos cem vezes por dia.

Papai acha tudo isso meio tolo. No seu trabalho, vive encontrando gente com fobia de ratos, camundongos, vespas, moscas, piolhos, aranhas, besouros e toda essa corja rastejante. Ele também já viu pessoas que se curaram das fobias. Primeiro, precisam olhar fotografias daquilo de que têm medo, de aranhas, digamos. Quando a pessoa já consegue ficar olhando, então mandam que pegue uma fotografia na mão. Depois fazem com que a pessoa olhe a coisa real, toque nela com um lápis, e, por fim, pegue na mão mesmo. Não quero nem pensar em ir para a cama com uma tarântula! Vovó tem uma amiga que ela chama de "agorafóbica", porque tem pavor de sair de casa. Foi tratada desse mesmo modo. Levaram-na primeiro até a porta e mostraram o mundo exterior. Depois levaram a mulher um pouquinho para fora e voltaram logo. Aos poucos foram aumentando a distância e ela acabou perdendo o medo. Com Marie, não são só as aranhas. Tem medo também de avião. Não suporta sequer ir ao aeroporto, quanto mais viajar sozinha num avião.

— A única vech que eu voou, meu corraçón bateu bum, bum, bum. Minha respirraçón ficou rapíd rapíd, meus dedos trremiam, as perrnas ficarram moles, suei muuuuuito muuuuuito, igual uma torrnerra.

Papai ficou com uma fobia porque o teto tem um furo bem em cima da sua cama, igual uma torrnerra.

7 de agosto

Chuva, chuva, chuva. Marie e eu queríamos passar o dia no bar (há dois dias não vejo o Lee). Mas acabamos arrastadas pelos meus pais para "tomar um pouco de ar puro". Marie acha que a "maladie anglais" (quer dizer, a doença dos ingleses) vem dessa mania de fazer piquenique na praia, mesmo debaixo de chuva e frio. Passamos o resto do dia jogando baralho.

Outro dia sem ver o Lee, mas, às 11:30, deve ter sido ele que deu aquele assobio. Estou tentando não me preocupar com o resultado dos meus exames.

10 de agosto

Sol. E finalmente dei um jeito de encontrar o Lee. Fui com Marie comprar repelente de insetos (não do tipo aerossol) e ele estava na mercearia. Marie já tinha sumido para o lado das barracas. Lee perguntou se eu queria dar uma volta pela praia. Pensei: por que não? Posso não ter outra chance. Só se vive uma vez. Pelo menos aqui, de férias, posso me mostrar um pouquinho mais sensual. Em casa, iam me chamar de assanhada. Ele pode não ser o cara mais bonito do mundo, mas está aqui, e parece que gosta de mim.

Sentamos (bem, um pouco mais horizontais que isso, na verdade) embaixo de uma duna, protegidos do vento, e conversamos sobre nossas vidas, embora eu tenha mentido sobre a minha idade e tenha tentado dar uma aparência de mais experiência. Logo compreendi que era melhor não ter feito isso, pois as coisas começaram a ficar um pouco mais pesadas. Eu não sabia direito até onde devia ir. Claro que não queria ir muito longe. Depois de certa altura, comecei a sentir que as coisas estavam saindo um pouco do controle, e eu queria manter o controle, sim, muito obrigado. De repente percebi alguém lá longe. Era meu pai, o que fez tudo parar ali mesmo. Aquele agarramento não mudou meus sentimentos em relação a Lee, mas eu não tenho lá muita certeza do que ele pensa de mim agora.

Voltei e dei de cara com a vovó nos degraus do trailer, sacudindo a areia de sua bermuda de nylon toda listrada.

Se o artigo que eu li numa revista for verdade — que cada beijo diminui três minutos na duração total de nossa vida — então a essa altura eu já devo estar quase morta. Estou exausta e não consigo escrever mais nada essa noite.

Tomara que meus pais não percebam as mordidas românticas que a Marie levou. Usa desesperadamente sua maquiagem para disfarçar.

11 de agosto

Sol, mas tanto faz, bem que podia chover, porque o Lee vai embora hoje. Eu o vi no bar. Ele não tinha me dito que ia embora. Parece que ainda gosta de mim, pegou meu endereço e prometeu escrever.

Dia enjoado. Não sei o que fazer agora que Lee foi embora. Tomar sol, nem pensar. Só o que a gente faz é ficar queimada e depois se cobrir toda, porque está muito frio. De qualquer jeito, as pessoas que vivem em países quentes têm a pele muito enrugada. Não quero que a minha pele fique igual à da vovó quando eu tiver a idade da minha mãe. Mamãe me perguntou qual era o meu problema. Por que acha que eu tenho que ser feliz o tempo todo? Não posso ser. Ela não é.

14 de agosto
Vamos para casa amanhã. E Marie vai voltar para a França. Os últimos dias foram um bocado arrastados.

Capítulo 12
ROMANCE E RESULTADOS

15 de agosto

De volta para casa e para o Pete. Adorei me encontrar com ele de novo. Dei um beijo e um abração nele. Pete me empurrou um pouquinho para longe e disse para eu deixar de ser tão emotiva assim, mas era óbvio que ele estava bem contente de me reencontrar. Por que os rapazes acham tão difícil demonstrar seus sentimentos? Espero que seja mais afetuoso com a Sandy, quando estiver com ela. Bovril não tem esse tipo de problema com suas emoções. Mostrou logo que estava contente de estar em casa — dormiu na minha cama na noite passada. Pelo menos Marie se foi, embora até sinta certa falta dela. Especialmente pelas partidas de baralho, e ela também ajudava a deixar os rapazes mais à vontade.

Nenhuma carta do Lee — surpresa, surpresa —, mas talvez eu esteja querendo demais. Mesmo que eu nunca mais o veja, ele me influenciou com a ideia de trabalhar num laboratório e de algum modo fazer algo útil nessa vida.

Sally acabou de voltar de uma excursão barata para a Espanha,

que fez junto com uma amiga. O namorado dela não pôde ir porque tinha que trabalhar. Não quiseram me contar detalhes do que fizeram por lá. Disseram que eu ainda era muito novinha para saber dessas coisas. Mas deve ter sido muito bom — elas estavam todas agitadas quando falaram disso. Eu contei a elas a respeito do meu romance, e

ESTOJO DE PRIMEIROS SOCORROS PARA OS ROMANCES DE FÉRIAS

1. Nunca se desfaça de algo que possa querer de volta, seja a medalhinha de ouro que sua avó lhe deu, seja a sua virgindade.

2. Cuidado com o luar, com a música suave, palavras doces, e com o vinho vagabundo.

3. Não traga de volta com você nada que não queira de verdade. Gravidez indesejada, doenças venéreas e AIDS são coisas difíceis ou impossíveis de se livrar.

4. Se precisar de camisinha, e não souber a palavra para isso em italiano, grego, espanhol, turco, francês ou sueco, é melhor levar uma com você. Se sua memória for ruim, se você for desleixada, ou somente incapaz de usar uma língua estrangeira, lembre-se da "pílula do dia seguinte". Ela pode ser tomada até 72 horas depois de fazer amor, mas não protege a gente das doenças sexualmente transmissíveis. E só o médico pode fornecer essa pílula!

5. Ao voltar a um lugar, nunca espere que aquele bonitão que conheceu antes se jogue nos seus braços. É mais provável que esteja nos braços de outra.

6. Não espere que os sentimentos dele nem os seus sejam os mesmos quando você voltar para casa. Romances de férias são só isso: romances de férias. Uma das definições do termo "romântico" é "muitíssimo exagerado", "distante das experiências reais do dia a dia".

O diário de Susie

aí elas me mostraram o seu "Estojo de primeiros socorros para os romances de férias", que recortaram do jornal. Sally disse que embora os livros estejam certos ao afirmar que a pessoa deve ser responsável e sensata, às vezes tudo o que ela quer é se divertir e se distrair. Até certo ponto, ela acha que isso está certo, contanto que se tenha muito cuidado. Revelei para Sally que eu era a autora do artigo sobre contracepção publicado no jornal do colégio. Acho que ela aprovou.

16 de agosto

Pete recebeu o resultado de suas provas hoje, e deu um jeito de manter sua reputação. Dois A e um C. Confessou que o C deixou-o muito irritado, pois queimou os miolos em Química, mas cochilou na parte prática (na verdade, ficou com tanta raiva que tocou fogo na sua experiência!). Ficou especialmente chateado porque Randy Jo tirou a mesma nota, e parece não ter se esforçado muito. Randy acha que "ter cara de quem estudou muito" não enche a barriga de ninguém.

Sam, radicalmente frio, me mandou um cartão postal que só chegou hoje! Adeus Lee, bem-vindo de volta Sam.

20 de agosto

Sandy voltou da sua viagem de férias. Nunca mais vi o Pete em casa. Até mamãe notou.

22 de agosto

Amanhã saem os resultados de minhas provas. Mamãe disse que vai me levar de carro até o colégio, pois eu "me esqueci" de enviar um envelope selado e com o meu endereço já escrito nele.

Uma hora da manhã. Não consigo dormir. Uma droga ter um irmão tão crânio como o Pete. Pelo menos Sally me entende. Tenho certeza de que todo mundo se saiu melhor do que eu. De qualquer jeito, na verdade não estou ligando muito para o resultado. Não é o fim do mundo eu ter me dado mal nos exames. Tem muitas outras coisas na vida. Meus pais foram bem legais não fazendo pressão sobre mim, mas sei que eles preferiam que eu tivesse me saído bem.

23 de agosto
Bom, não tem jeito. Em dez minutos, café da manhã. Tenho que levantar.

OBA! Fui bem, muito bem para mim pelo menos. No caminho todo eu repeti para mamãe que tinha fracassado, e isso era um jeito de me proteger contra o pior. Eu não tive coragem de ir lá olhar, e então pedi para mamãe ir sozinha. Ela voltou com uma cara furiosa e eu pensei: "Ah, não! E agora?". Depois mamãe deu uma gargalhada: três A (Biologia, Matemática e História), dois B, um C e um D (em Francês). Pelo menos isso não foi surpresa nenhuma, embora mamãe quisesse pedir uma prova de reclassificação. De jeito nenhum.

Kate ligou e perguntou como foi minha viagem. Nenhuma de nós teve coragem de perguntar à outra sobre o resultado nas provas, se bem que eu estivesse morrendo de vontade de saber o dela. Pete, é claro, disse que foi um resultado anômalo. Acho que não gosta da ideia de ter sua irmãzinha competindo com ele.

Papai ficou muito contente. Pelo menos ele não acha que para as garotas tudo o que importa é "boa sorte", se bem que os rapazes parecem pensar de outro jeito. Ele viu uma pesquisa revelando que aquilo que os rapazes mais admiram numa garota é (1) boa aparência, (2) compreensão, (3) simpatia, (4) honestidade, (5) lealdade, (6) ternura e só (7) inteligência. Por último vinham independência, energia e ambição. Quando a pergunta é o que as garotas admiram nos rapazes, o resul-

O diário de Susie

tado é também, em primeiro lugar, a boa aparência. Depois vem: (2) compreensão, (3) honestidade, (4) lealdade, (5) simpatia, (6) inteligência. Ambição, energia e independência de novo em último. O estranho é que a mesma pesquisa demonstrou que os adolescentes na verdade se importam muito com: (1) crueldade contra os animais (era o meu caso há dois anos, mas agora estou mais preocupada com a poluição — graças ao Lee — que aliás ainda não me escreveu), (2) educação, (3) família, (4) discriminação racial, (5) desemprego e (6) guerra nuclear.

28 de agosto

Um monte de amigas ainda estão viajando e estou começando a me chatear longe delas, se bem que eu não queria que as férias acabassem logo. Todo mundo ficou espantado comigo, por ter me saído bem nas provas. Até Mary telefonou para me cumprimentar. Foi muito generosa por fazer isso, já que ela tirou três notas baixas. É horrível que eu sinta isso, mas fiquei contente por ela ter se dado mal: ela merecia. Passa o tempo todo saindo com os rapazes. Sei que isso é muito feio da minha parte e que mais tarde vou ter vergonha disso, mas agora é assim que eu sinto as coisas.

31 de agosto

Não vejo a hora de reencontrar minhas amigas e ficar um tempão conversando com elas. Pete anda preocupado porque o pai da Sandy teve que voltar ao hospital com problemas cardíacos. Ele não sabia o que dizer para consolar a Sandy.

Capítulo 13
CAINDO AOS PEDAÇOS

1º de setembro

Ainda não consegui definir minhas opções para o próximo período. Confusão total. Por que isso? Detesto ter que tomar decisões. Parece que todo o resto de minha vida depende disso. Volta às aulas daqui a três dias. Não consigo encarar os fatos. Quando fico assim enjoada, em geral é porque estou cansada ou aborrecida com alguma coisa. Olhei hoje de manhã no espelho e pensei: "Meu Deus, como você é feia". Depois pensei: como todo mundo é mais bonito do que eu. Quando fico nesse estado, acabo desforrando em alguém — na mamãe, geralmente — e ela é que me deixa mais doida. Ela me trata como se eu fosse criança, e faz comentários e piadinhas que eu faço com pirralhos de três anos de idade! Aos olhos dela, ainda sou uma menina pequena, mas para mim já sou adulta. Eu me sinto adulta, e quero tomar minhas próprias decisões sem ter que consultar minha mãe antes. O problema é que no tempo dela a pessoa tinha a idade que tinha, e se sentia de acordo com a sua idade. Hoje em dia, a gente tem a cabeça de alguém de 20 anos no corpo de uma pessoa de 16 anos. Mamãe acha que ela está me preparando para viver num mundo muito mau, mas eu sei tanto quanto ela sobre a vida.

2 de setembro
Não dá para escrever. Desânimo total.

4 de setembro
Hoje, volta às aulas. É ótimo voltar a ver minhas amigas.

5 de setembro
Não dá para aguentar. A casa está cheia de pulgas. *Pulex irritans* — assim papai disse que elas se chamam. Há vinte espécies que atacam o homem, e demoram de uma a três semanas para chocar os ovos. Em nosso país, pelo menos, as pulgas não transmitem doença alguma. Detesto a Bovril. Como pode ser tão promíscua? As pulgas deviam ser incluídas entre as doenças sexualmente transmissíveis. No caso dela isso sem dúvida nenhuma é verdade. Estou toda picada, do tornozelo até os joelhos, e é uma visão horrível. Mamãe, papai e Pete estão todos se coçando. É sempre pior quando a gente volta de uma viagem de férias no verão. Papai disse que é porque os ovos chocam melhor no clima quente e úmido. Como é natural, a família que tem um especialista em pestes e pragas no posto de pai é a que mais demora a se tratar. Ele vive prometendo que vai trazer para casa seu equipamento de spray antipulga, mas sempre deixa para "amanhã". Igual às minhas aulas de flauta (por isso eu acabei desistindo).

Se nesse momento eu pudesse fazer um pedido, pediria que melhorassem a comida no colégio. Por mais que nós, vegetarianos, reclamemos, ninguém faz nada. Consegui que as garotas no colégio

organizassem um questionário em que todo mundo diria o que come e o que gostaria de comer. Acho que agora que estamos no sexto período devíamos ser mais responsáveis.

6 de setembro

Pete ainda está no serviço de descarregar caminhões. Está começando a se preocupar com sua ida para Nottingham. Não tem mais tanta certeza de que queira estudar medicina. Gostaria de ter um ano de folga.

Eu continuo fingindo — tentando sorrir, quando na verdade me sinto péssima. Não consigo tirar os pensamentos tristes de minha cabeça. De qualquer jeito, defini minhas opções para o próximo período: Matemática, Biologia e Física. Fiquei com B em Física (apesar das coisas horríveis que a senhorita Boil escreveu no meu boletim!). Ainda continuo apreciando a ideia de ser técnica num laboratório, apesar do Lee não me escrever.

7 de setembro

Acho que não consigo encarar mais dois anos de colégio. As mesmas caras, os mesmos professores. Por que não acontece nada de excitante na minha vida?

8 de setembro

Fui até a casa da Emma. Ela não estava. A mãe dela disse que Ema, Kate, Sheila e Mary — minhas amigas, eu pensava — tinham ido ao centro da cidade. Nem pensaram em me chamar, não é? Conspirando contra mim. Pete disse que eu estou ficando paranoica. Passei a tarde chorando e conversando com Bovril. Precisava falar com ALGUÉM.

9 de setembro

Minhas amigas apareceram! Aconteceu que ontem elas foram comprar para mim um disco do Jimi Hendrix, porque acharam que isso ia me fazer sentir melhor. Sabiam que estava na fossa.

Na verdade, todas estamos com problemas. Kate contou que anda enjoada do seu corpo. Não é que ela pense que a vida seria melhor se fosse magra, mas sua cabeça ia ficar mais leve. Se faz dieta, quando a dieta termina, logo em seguida recupera o peso de antes. Consegue controlar a comida, mas só até chegar a menstruação. Aí tem desejos incontroláveis de sair comendo tudo. Ela consegue se controlar muito bem por um dia ou um pouco mais, mas aí dá uma beliscadinha em alguma coisa e logo acaba se entupindo de chocolate, docinhos, batata frita e tudo o que engorda. Isso traz consequências emocionais, pois ela se sente culpada e inútil, além de consequências físicas, como espinhas e dor de cabeça. Ela bem que gostaria de ficar com anorexia nervosa, apesar de saber que é uma doença terrível. Que coisa estúpida para se dizer.

Graças a Deus, hoje em dia estou satisfeita comigo mesma e não me acho nada gorda. Se os outros não estão contentes, pior para eles. Gozado como o estado de ânimo da gente muda. Quando Emma sentiu que não ia conseguir se sair bem nos estudos no último período do colégio, teve vontade de mandar tudo para o alto e sair do colégio sem prestar os exames. Sheila foi muito mal. Vai ter que frequentar as aulas noturnas de recuperação, e ficou preocupada, porque assim não vai poder mais trabalhar. Ela quase foi estuprada e seus pais não lhe deram muito apoio, e assim, agora, ela não se sente à vontade para conversar com eles sobre mais nada. Durante o verão, uma vez em que bebeu um pouco, esteve a ponto de querer se matar, como Roger Simpson na St. Joseph School, no ano passado. Ninguém percebeu que ele estava deprimido. Parecia tudo certo com ele. Entrou no carro do pai, na garagem, e ligou o motor. Muito triste. Todo mundo se sentiu culpado porque poderia ter feito alguma coisa se soubessem. Depressão tem cura, como qualquer outra doença.

Sheila telefonou para os Samaritanos. Pegou o número no catálogo. Deu o número para nós também, dizendo:

— Nunca se sabe.

Ajudaram muito. Escutaram todos os seus problemas, e só isso já fez com que ela se sentisse melhor. Contaram que recebem 50.000 telefonemas por ano de adolescentes, portanto ela não estava sozinha. Sugeriram que ela, já que não podia conversar com seus pais, viesse se encontrar com eles. Ficam abertos das 8 da manhã às 10 da noite, e sempre tem alguém de noite para receber os telefonemas. Ou então poderia conversar com o médico da família. Garantiram que não iam contar nada para seus pais, a menos que ela quisesse isso. Deve ser muito deprimente trabalhar nos Samaritanos.

De noite Sally veio me visitar. Ela é muito inconstante. Quando não tem nada melhor para fazer, fica no meu quarto esperando que eu fale alguma coisa que a distraia. Ela é gentil comigo e eu conto alguns de meus problemas ou falo de um ou outro garoto que me interesse. Mas quando ela vem com o seu namorado e ficam lá embaixo vendo televisão ou qualquer outra coisa, ela me manda sair. Tenho tanto direito de ficar quanto ela. Até mais, porque moro aqui. Se eu falo isso, ela começa a fazer sujeira comigo, e conta para o namorado tudo o que revelei a ela confidencialmente. Mas de repente, como essa noite, Sally aparece e quer que eu seja de novo muito legal com ela.

A mãe do namorado da Sally trabalha nos Samaritanos. Pode até ter sido ela que atendeu o telefonema da Sheila. Contei a Sally que todas nós estávamos na fossa, e Sally contou que na nossa idade ela também ficava assim. Contou algumas coisas medonhas que ouviu da mãe de seu namorado.

– Pensamentos suicidas são muito mais frequentes que ameaças ou tentativas reais de suicídio, e cerca de 1 entre 20 rapazes e 1 em cada 10 moças têm pensamentos suicidas de vez em quando.

– É raro que alguém se suicide antes dos 14 anos. Cerca de 5 mil adolescentes tentam suicídio todos os anos, mas a maioria deles na verdade não quer se matar. Há todo ano cerca de 120 mortes por suicídio, nessa faixa de idade, na Inglaterra e País de Gales, e muitos desses jovens também não tinham a intenção real de se matar.

– Entre tentativas e suicídios de fato, existe algum motivo preciso para 2 em cada 3 casos, e nenhum motivo claro para os demais.

– Os principais motivos para os pensamentos suicidas e tentativas de suicídio são: problemas com os pais, pais separados, dificuldades no colégio, fracasso nas provas, medo do desemprego, dificuldades no relacionamento com o namorado ou namorada. Às vezes é uma maneira de fugir de uma situação de estresse insuportável e mostrar aos outros como a pessoa está infeliz.

– Os principais sentimentos que ocorrem antes da tentativa de suicídio são: raiva, solidão e rejeição, preocupações sobre o futuro e, além de depressão, sensação de desespero.

Sally disse que quando uma amiga andava muito deprimida há alguns anos, tornou-se agressiva, irritada, calada e arredia. Vivia cansada, chorava por qualquer coisa, e só queria saber de ficar sozinha. Conversou com o médico de sua família e gastou todo seu estoque de lenços de papel. Ele não deu sinais de se importar muito — na verdade tinha muitas caixas de lenços de papel. Deu um jeito para ela se encontrar com uma pessoa muito simpática chamada "conselheira", e disse que se isso não ajudasse, ia receitar algumas pílulas.

Nada disso parece ter alguma coisa a ver comigo. Quando fico deprimida, escuto um disco do Jimi Hendrix — que Pete diz inspirar nele sentimentos homicidas, e não suicidas. Também costumo telefonar para uma amiga e tenho longos papos. Isso me anima um pouco, e também sair com as amigas ou ler um livro. Se não posso fazer nada disso, fico de cara amarrada até alguém perceber. Aí me lamento e choro, e isso também me faz sentir melhor.

Suponho que estes sentimentos de tristeza sejam só uma parte natural do crescimento. Só quando duram tempo demais — ou se tornam muito fortes — a gente deve se preocupar. Se os meus ficassem muito fortes, eu ia logo notar que estava doente e ia buscar ajuda.

12 de setembro
Tudo é uma questão de palavras. Queria saber por que as palavras são tão importantes. Por que elas mudam, igual às modas?

Anos sessenta
Butique, boate, biquíni, broto, por fora, por dentro, psicodélico, festa de arromba, coroa, iê-iê-iê
Anos setenta
Maior barato, alto-astral, porco chovinista, cabeça-feita, caretice, genial, rock progressivo
Gíria de droga (velha e nova)
Crack, pó, erva, apertar unzinho, fumacê, sacolé, boca, pico, brilho, cafungar, meio malhada, trouxinha, bolado, bolinha
Para futebol
Bater uma bola, jogar um bolão, dar um bico, bola quadrada, perna de pau, balançou a rede, tapetão, frangueiro, fominha
De sexo
Copulação, intercurso, transar, contraconceptivo, sarro, brochar, orgasmo, trepar, trocar o óleo, manter relações
Informática
Zipar, deletar, randomizar, rebutar, escanear, carregar, piratear, formatar, multitarefas, disquetes, sistema operacional
Mídia, mídia
Clássico, moderno, holístico, cool, soft, heavy, intimista, thriller, melodrama, comédia pastelão, ficção científica

Meus Deus, afinal que razão eu tenho para ficar deprimida? É ridículo:

    * Tenho um monte de amigos muito legais.
    * Minha aparência é muito melhor que a de um espantalho.

* É muito difícil que alguém se sinta feliz DE VERDADE na maior parte do tempo. As pessoas mais ou menos fingem que estão felizes.

* Bovril me ama.

* Os resultados de minhas provas foram bons.

* Meus pais realmente se importam muito comigo, mesmo que a gente discuta muito.

* Tenho o melhor irmão do mundo.

* Estou muito longe de ser igual a um balão.

* Sam às vezes até que fala comigo.

* O que mais posso querer?

Mesmo que eu não me sinta totalmente enturmada com as pessoas mais legais, não importa tanto assim. Sally garante que ninguém se sente totalmente realizado nunca. Aposto que o futuro vai trazer muita coisa ruim.

Capítulo 14
JUNTANDO OS PEDAÇOS

16 de setembro

Primeiro dia da gente no Clube da Boa Forma Física, na piscina pública. Os Samaritanos mandaram a Sheila se inscrever. Eu nunca me atrevi a ir sozinha, mas agora vamos todas juntas. Fizemos um teste físico antes e respondemos a algumas perguntas também:

1. Você é capaz de subir e descer bem depressa uma escada de quinze degraus, três vezes, e depois conversar normalmente sem precisar ficar tomando fôlego?   Sim / Não

2. Você é capaz de fazer corrida parada por três minutos sem se cansar nem perder o fôlego?   Sim / Não

3. Você é capaz de subir e descer de uma cadeira, com os pés, durante três minutos, sem ficar ofegante?   Sim / Não

O diário de Susie

> 4. Você é capaz de colocar as mãos espalmadas no chão, com os joelhos retos?
>
> Sim / Não
>
> 5. Quantas flexões você é capaz de fazer?
>
> 0 a 5 / 5 a 10 / 10 a 15 / 15 a 20

Depois fizeram um teste. Disseram que eu estava bem em energia e elasticidade, mas a resistência estava péssima. Só aguentei três flexões. Fiquei sem graça porque, no questionário, eu marquei 10-15. Tivemos aula com uma atleta como aquelas russas da Olimpíada, que devem ter tomado hormônios masculinos no café da manhã durante dez anos — era muito musculosa e cabeluda também —, que nos explicou as regras fundamentais do exercício físico:

> 1. Não deixe de se movimentar. Descubra maneiras mais ativas de realizar as coisas que faz habitualmente, como subir a escada correndo, em vez de ir devagar.
> 2. Vá entrando em forma gradualmente – isso leva mesmo tempo. Pode suar e ficar ofegante, mas não deve sentir desconforto físico.
> 3. Exercite-se regularmente. Crie uma rotina.
> 4. Mantenha a continuidade. Não se pode fazer uma "reserva" de boa condição física para gastar nas temporadas de ócio.
> 5. Faça os exercícios com prazer. Certifique-se de que as atividades escolhidas são aquelas de que você realmente gosta.

Deve ter sido uma coisa gozada de se ver: nós cinco sentadas na sauna depois de uma hora nos aparelhos, todas suadas e vigorosas, exceto Kate, que ainda parece alguém que chegou de alguma região do Terceiro Mundo devastada por uma calamidade. Eu gostei. É muito social e divertido de verdade — e nós ali, parecendo tão atléticas. Kate estava tentando se desfazer dos dois quilos que ainda restam no seu corpo. Sheila estava lá por causa dos Samaritanos e porque não anda satisfeita com seu trabalho. Gostaria de ter continuado no colégio, e nós bem que gostaríamos de ter o dinheiro que ela tem. Sheila pensou que ia ter que ficar pulando o tempo todo e ser apalpada por mulheres musculosas, mas era tudo besteira dela. Mary estava lá porque queria manter seu corpo elástico e em forma para agradar os rapazes, e Emma acha que se tiver um aspecto melhor as pessoas vão gostar mais dela.

Ninguém lá gostou da gente, porque eram todas mulheres gordas, moles e com mais de quarenta anos, e acham que a gente está gozando com a cara delas. Não sei por quê. Duvido que alguma de nós vá competir na próxima Olimpíada.

17 de setembro

Quase não saí da cama hoje de manhã. Nem sei como consegui chegar ao colégio. Estou doendo em lugares que eu nem sabia que existiam em mim.

20 de setembro

Sou perversa ou pervertida? Acho que estou virando maníaca em ginástica. Na verdade não penso em esporte desde que torci meu tornozelo nos 400 metros (tinha 13 anos). Agora que estou na segunda metade dos 16, e meus professores dizem que não preciso fazer exercício, é que eu *quero* fazer. Mas não quero saber desses esportes de meninas fraquinhas, como queimado e essas coisas enjoadas que param a cada três segundos porque tem um monte de regras complicadas. Queria esportes mais violentos, como o futebol americano — todo mundo se atracando e rolando na lama, se amontoando uns sobre os outros, e deslizando na terra enlameada. Depois tomar banho e ficar muito limpa e cheirosa e me sentir muito bem no final. Onde é que garotas podem jogar futebol americano, a não ser em escolas de ricaços que custam dez mil libras por ano? Por que os homens gostam mais de esportes de equipe e parecem mais competitivos que as mulheres? Deve ter algo a ver com a criação deles. Gosto de competir, se eu ganhar — só por isso é que eu corria. Caso contrário, achava tudo uma chateação.

Pete anda muito enjoado, e deixa todo mundo triste. Acha que está "apaixonado" pela Sandy. Acho que é estupidez dele. Ele prometeu ir comigo e a Kate para assistir à última sessão no cinema ontem. Mamãe disse que a gente não podia ir sozinha, para não sermos atacadas. Às vezes acho que mamãe está sendo superprotetora. Só porque sou uma garota ela acha que todo mundo na rua quer me estuprar. Na minha idade, Pete já podia sair sozinho à noite. Mas aí Sandy telefonou chamando Pete para ir ao bar com ela, e ele foi. Ele não vai ter mais amigo nenhum quando terminar o namoro com a Sandy. Fica deixando todos eles de lado. Eu e Kate dissemos a ele que as garotas detestam rapazes que fazem papel de capacho da gente. Pete parece o membro de uma seita religiosa. Não acho que seja amor — acho que é um culto.

23 de setembro

Nova sessão de tortura nos aparelhos de ginástica, mas estou melhorando muito, não tenham dúvida. A mesma monstra cabeluda nos instruiu, dessa vez sobre o valor físico dos diferentes esportes.

Caminhar – ótimo para aumentar a energia, mas não tão bom para a elasticidade e a resistência. Para adquirir uma boa forma física completa, é preciso acrescentar outro esporte.

Nadar – excelente para ganhar resistência, elasticidade e energia, sobretudo quando se praticam vários estilos.

Ciclismo – ótimo para ganhar energia e força nas pernas, mas não tão bom para a elasticidade.

Corrida – método simples e barato de manter a forma. Bom para ganhar energia, mas não muito para a elasticidade.

Vôlei – divertido até para quem está começando. Bom para ganhar energia, flexibilidade e força.

Tênis – divertido e sociável, além de um bom exercício completo.

Squash – exercita muito o corpo em todos os aspectos. É preciso se aquecer antes de começar.

Jogos de equipe – bons para ganhar energia e resistência, e muito bons para a elasticidade. Não precisa ser bom e hábil para jogar.

Exercícios com pesos – ajudam a tonificar o corpo, evitar a gordura e desenvolver a elasticidade.

Parece que é preciso fazer muito exercício para eliminar as calorias que a gente assimila ao beber só dois copos de leite pasteurizado. Para isso, eu teria que:

andar por 76 minutos
nadar por 60 minutos
andar rápido por 54 minutos
jogar badminton por 48 minutos
correr devagar por 47 minutos
andar de bicicleta por 46 minutos
jogar tênis ou fazer ginástica aeróbica por 42 minutos
correr depressa ou nadar depressa por 32 minutos
jogar squash por 22 minutos

Pete disse que transar era um exercício equivalente a correr um quilômetro e meio. Ele deve saber. Imagino que dependa do jeito que se faça a coisa.

Essa semana fizemos exercícios com pesos. Acho que os pesos que eu peguei eram mais pesados que a Kate. Ela parecia um bambu tentando levantar a torre do Big Ben. Sheila está desanimando. Acha que seu estilo de esporte é mais montar a cavalo. Gosta de ter a sensação de poder, de ficar mais alta e olhar as pessoas de cima. Gosta também da imagem romântica ligada à equitação, mas sabe que na verdade é tudo diferente: cheiro de esterco e de suor, dela e do cavalo, que termina empapando a roupa toda.

24 de setembro

Voltei a ficar preocupada por Lee não me ter escrito e por Sam nem notar que eu existo. De qualquer jeito, Sam está prestes a desaparecer mesmo de minha vida. Vai sair pelo mundo. E certamente não vai ficar interessado justamente por MIM, depois de tantas aventuras em países de clima quente cheios de mulheres sensuais e espetaculares. Existe muita pressão hoje em dia para a gente arrumar um namorado. Todo mundo parece esperar isso, e quando você não consegue, fica imaginando o que há de errado. Estou começando a perder minha confiança. Começo perguntando para mim mesma se sou capaz de fazer amigos e depois fico cheia de dúvida sobre minhas roupas e minha aparência. Tudo começa a desmoronar. Fico me comparando com minhas amigas. Às vezes tenho vontade de romper com tudo isso e ser original, mas não consigo. Como posso explicar? Às vezes tenho vontade de comprar algo que os outros dizem que está fora de moda mas de que eu gosto. Em momentos como esse é que eu valorizo a presença do Pete. Ele é como um amigo extra, e me dá um sentimento de segurança.

25 de setembro

Ficou muito melhor ir de bicicleta para o colégio agora que minha forma física está melhor. Subi o morro mais rápido do que um carro. O bom no ciclismo é que, se a gente não está com vontade de competir, pode ir na sua velocidade normal e ver coisas que normalmente não vê. O lado ruim é o perigo, imagino. Eu usaria um capacete protetor se não me fizesse sentir tão ridícula. Ainda acho que o único jeito das pessoas usarem capacete é uma lei determinando a obrigatoriedade.

26 de setembro

Pete saiu com Sandy de novo. Ele devia estar se preparando para começar a faculdade, mas parece que sua cabeça só pensa numa coisa. Foram com uma turma enorme a um concerto pop. Tiveram que ouvir um longo sermão do pai de Sam a respeito dos perigos das drogas. Disse que os traficantes e a polícia iam estar presentes em massa, e disse para eles não esperarem que ele fosse ajudar caso se metessem numa encrenca. Como sempre, não deixaram que eu fosse junto.

27 de setembro
Perdi a chave do cadeado de minha bicicleta, portanto, deixei a bicicleta no colégio e vim a pé.

A excursão ao concerto pop quase terminou em desastre. Por pouco todos eles não foram presos. Aconteceu que o pai do Sam — apesar de todo aquele sermão — tinha esquecido de retirar seu equipamento médico da mala do carro, onde tinha vários remédios, inclusive heroína e morfina. A polícia parou o carro deles para uma inspeção de rotina. Os cães farejadores iam começar quando passou uma caminhonete toda coberta com pinturas psicodélicas que foi logo obrigada a parar e começou a ser revistada de alto a baixo, e então deixaram o carro deles de lado. Só quando voltaram para casa é que compreenderam o risco que haviam corrido! Pete contou que tinha traficantes passando perto deles o tempo todo, tentando vender "crack" muito barato. Ele teve vontade de quebrar a cara deles.

28 de setembro
Ainda sem bicicleta, mas já recuperei a chave. Achei essa manhã na cesta de Bovril. Como foi parar lá?

29 de setembro
Finalmente juntos, chave, bicicleta e cadeado. Fui pegar a bicicleta no colégio, apesar de ser sábado. Pete conseguiu se desgrudar da Sandy para me levar no carro do papai.

Hoje à noite, toda minha a turma vai vir para uma "reunião". (Não, mamãe, não é uma festa.)

30 de setembro
Foi uma luta sair da cama para ir ao Clube da Boa Forma Física — essa semana, exercícios aeróbicos —, quando ouvi um súbito grito enfurecido da minha mãe. Enfim ela se encheu. Terá chegado ao fim uma era de euforia?

– Por que o leite estava fora da geladeira?
– Por que não sobrou sequer um pedaço de pão?
– Por que todas as luzes ficaram acesas no andar de baixo?
– Por que a privada estava entupida com papel?
– Por que o chão da cozinha estava apinhado de pedacinhos de batata frita?
– Por que comeram a torta de maçã que era para o almoço de domingo?
– Por que usaram os cubos de gelos e guardaram as formas vazias no congelador?
– Por que três copos foram quebrados?
– Por que ninguém nunca substitui o rolo de papel higiênico?
– Por que ninguém nunca limpa a gaiola do coelhinho?
– Por que ninguém deu comida para a gata?
– Por que a pia estava entupida de louça suja?
– Por que cada um não põe a louça que sujou na máquina de lavar louça?
– Por que a garrafa de uísque foi toda bebida?
– Por que tinha uma marca de queimadura de cigarro no sofá?
– Por que a porta dos fundos estava aberta?
– Por que havia três bicicletas de estranhos no saguão?
– Por que a casa toda estava igual a um chiqueiro?

Pete deu a entender que não era problema dele — o que não ajudou a tranquilizar mamãe. Papai se manteve afastado da briga e ficou metido na cama a maior parte do dia.

Fiquei sem fazer os exercícios aeróbicos, a menos que a gente considere limpar a casa toda um tipo de ginástica aeróbica. Mamãe disse que não estou perdendo nada, já que estou fazendo algum exercício, e hoje é bom que eu não saia de casa mesmo, sim senhora.

Capítulo 15
MORTE, TERROR E DRAMA

1º de outubro

Pete está no maior abatimento, e se volta contra mim em particular, e contra o mundo em geral. Falou que a raça humana é "um estúpido erro genético". Disse para *eu* "crescer". Ele me comunicou que
dou a impressão de achar que a maturidade acaba aos 16 anos, quando se pode transar legalmente e se casar, fazer as próprias opções na
vida escolar, ser capaz de ter uma conversa com mais de três frases,
e *agora* obter autorização dos pais para ficar fora de casa até a meia-
-noite. Pete parece que acha mesmo que seus dois anos a mais fazem
uma enorme diferença. Ele é tão metido a protetor. O velho sabe-tudo
até parece ignorar que as mulheres amadurecem mais cedo que os
homens. De qualquer jeito, ele e Sandy são patéticos — andando por
aí como se fossem velhos e casados há muitos anos. Acho que tudo
isso é porque ele vai embora, estudar na universidade.

2 de outubro

O PAI DA SANDY MORREU. Ontem teve outro ataque do coração

no trabalho. Foi levado às pressas para o hospital, mas morreu quando chegou lá. Pete não sabe o que fazer. Se deve telefonar, se deve ir ao hospital, se deve ir falar com Sandy em casa, o que dizer para ela e sua mãe. Mamãe acha que ele deve ir até lá. Não há nada pior do que sentir as pessoas evitando a gente quando acontece uma desgraça. Para isso são os amigos: estar presentes ao nosso lado. Ela disse que por mais difícil que seja, a gente precisa encarar as emoções de frente.

Pete voltou mais tarde. Contou que Sandy chorou muito, mas ficou contente que ele tivesse ido lá. Só a presença dele a ajudou, se bem que foi meio esquisito no princípio. Sandy parece que não pode acreditar que seja verdade. Ainda espera que seu pai entre pela porta a qualquer momento. Pete quer conversar sobre isso. É muito diferente de quando o pai de Jason morreu no ano passado. Pete achou Jason no bar naquela mesma noite, como se nada tivesse acontecido. Estranho, como são diferentes as reações diante da morte.

3 de outubro

Detesto a ideia de meus pais morrerem. Isso me deixa muito apavorada. Acho que passei a noite inteira acordada, pensando.

Pete foi ao funeral. Está convencido de que isso é bom. Não que ele tenha se divertido lá, mas ir lá era como ter uma oportunidade de se despedir. Acha que mamãe errou quando não quis que nós fôssemos ao enterro do vovô, com medo de nos assustar. Até o irmão mais novo de Sandy, com 5 anos, foi assistir à cerimônia de cremação. Acho que Pete tem razão, porque ainda não sinto como se o vovô tivesse partido de verdade. Também foi ataque do coração. Cada vez que eu vejo alguém parecido com ele, meu coração fica apertado. Apesar de toda a tristeza, Pete ficou muito gozado vestindo o terno preto do papai, os sapatos pretos do Sam, grandes demais, e a horrível gravata preta do tio Bob. Ficou igual ao Charlie Chaplin.

Pete preencheu uma ficha de doador para ele. Não quer ser esmagado por um carro desgovernado sem ser ainda, de algum modo, útil para a humanidade. Existem centenas de pessoas à espera de transplantes de rins, de córneas e de coração (e eu, ele disse, por um transplante de cérebro). Depois que morrer, ele não se importa com o que

aconteça com seu corpo. Fica zangado comigo quando digo que não quero nem pensar nos cirurgiões tirando pedacinhos de mim e colocando no corpo de outras pessoas quando eu morrer.

Não consegui dormir. Desci às duas horas da manhã para fazer um Ovomaltine e dei com o Pete agitado, falando no telefone. Também não conseguiu dormir (chamou de "insônia") e estava experimentando os números de telefone que achou numa revista. Até aquela hora, tinha ligado para obter informações sobre:

O que é um orgasmo?
Fatos sobre masturbação
É errado sonhar com sexo?
O amor pode ser só desejo sexual?

Os números estavam todos ocupados. Agora já sei o que fazem os insones às duas horas da manhã. Tudo o que Pete conseguiu foi falar com "Informações sobre o corpo das mulheres". Não sabia do que ele ria tanto, até que liguei para "Informações sobre o corpo dos homens" e descobri. Uma voz apagada me descreveu todos os tesouros ocultos que se podem encontrar dentro do calção dos rapazes. Nem sei o que papai vai dizer da conta do telefone se eu fizer isso todas as noites!

4 de outubro

Estou esgotada. Pete insiste que ele é igual a Napoleão, Margaret Thatcher e Churchill, e pode dormir só quatro horas por noite. Eu ainda não tinha notado isso, sobretudo nos domingos, quando ele fica na cama até a hora do almoço.

Pete teve outro atrito com papai sobre o fumo. Está preocupado com a possibilidade de o papai ficar com câncer ou ter um ataque do coração. Pelo menos já está fumando menos do que antes.

Acho que não vou mais discutir com meus pais. Nem quero pensar se eles morressem de repente e eu não tivesse tempo de fazer as pazes com eles. Ia pensar que tinha sido culpa minha, e que Deus ou qualquer coisa estava me castigando para me dar uma lição. Fiquei horas sem conseguir dormir, pela segunda noite seguida.

5 de outubro

Pete se foi. Não queria ir, com Sandy tão triste, mas as aulas dele começam hoje. Mamãe o levou de carro para Nottingham. Já estou com saudades dele. Agora sou a única que ficou em casa.

9 de outubro

Sandy veio nos visitar. Fiquei com medo de rir de tão nervosa, e então lhe dei um forte abraço. Ela começou a chorar e eu vi logo que eu ia chorar também. Ela precisa ser forte e não chorar na frente da mãe dela. Como é a filha mais velha, sente certa responsabilidade e dá força para a mãe. Sandy contou que não para de imaginar o que foi que ela fez de errado para merecer tudo isso. E repete a mesma coisa o tempo todo.

10 de outubro

Emma me arrasou no squash hoje, mas foi uma boa partida. A morte do pai da Sandy deixou todas nós meio mórbidas. Enquanto corria em volta da quadra, Kate contou que teve uma irmã que morreu quando ela tinha 5 anos. Nunca tinha falado sobre isso antes, em parte porque seus pais ficaram muito mal. Nunca explicaram para ela o que havia acontecido e agora fingiam que sua irmã nunca existiu. Quando isso ocorreu, Kate sofreu horrores e caiu no maior abatimento. Nada conseguia animá-la, ninguém parecia entender o sofrimento por que ela estava passando. Seus pais disseram:

— O tempo vai curar.

Apesar disso ser verdade, era a última coisa que ela gostaria de ouvir então. Lembrou um dia em que uma amiga fez cosquinhas para ela rir e se alegrar. Em lugar disso, ela começou a chorar e todo mundo ficou muito sem graça.

11 de outubro
Sandy voltou a frequentar o colégio. Estamos todos tentando ser gentis com ela e lhe dar apoio. Mas tem gente que não sabe como.

12 de outubro
Está igual à época das provas: não consigo pegar no sono de noite. Mamãe se mostrou muito compreensiva e disse que muita coisa pode estar provocando isso, como ansiedade, estresse, depressão, excesso de atividade, tristeza com a morte de alguém. Papai diz que quem fala que não conseguiu pegar no sono, na verdade adormeceu vinte minutos depois de ir para a cama, conforme provaram as experiências, e em seguida teve seis horas de sono firme. O problema é que eu não me sinto assim. Tenho a sensação de que fiquei acordada a noite inteira, preocupada porque justamente não conseguia dormir.

14 de outubro
Ainda não consegui dormir direito. Mamãe disse que ia me dar para ler alguma coisa sobre insônia, e que pílulas para dormir com certeza não eram uma boa solução, pois todas elas viciam.

Pelo menos Bovril me faz companhia, se bem que mamãe não goste que ela durma na minha cama. Bovril sabe disso. Quando mamãe entra no meu quarto de noite, ela vai rapidinho para debaixo da cama. Eu e Bovril nos compreendemos de verdade uma à outra. Ela nunca rejeita o que eu digo, ao contrário de muita gente nessa casa. Está comigo já há quatro anos. Às vezes imagino se eu sofreria mais com a morte dela do que com a de um ser humano.

15 de outubro
Barulhos terríveis na noite passada. Não ajudou em nada para

resolver minha insônia eu me sentir assim, morrendo de pavor. Concluí que era o papai roncando, até que hoje de manhã olhei o jardim. Bovril matou o coelhinho. Quando Bovril aparecer, eu é que vou matá-la. Por que os gatos não podem ser vegetarianos também?

O coelhinho foi enterrado perto de outras oito sepulturas: três coelhos, dois hamsters, um camundongo, um gerbo e o periquito da vovó. Vou ter que desistir de criar bichos. Tive que tomar cuidado ao cavar a sepultura, pois não sabia se, no caminho, ia dar com algum outro cadáver. Espero que os cemitérios sejam mais organizados. Pessoalmente, não me agrada a ideia de ser torrada no forno até virar um montinho de cinzas como o pai da Sandy. Preferia me desmanchar no meio da terra, como meu coelhinho. Papai discorda e acha ridículo utilizar grandes áreas de terra para sepultar os mortos. Disse que é muito mais saudável e bonito ser cremado. Pelo menos ainda podemos escolher!

16 de outubro

Finalmente mamãe conseguiu o material que ensina como pegar no sono. Saiu no jornal de domingo.

DICAS PARA QUEM NÃO CONSEGUE DORMIR

A parte do corpo que mais precisa do sono é seu cérebro. Tudo o mais, do pescoço para baixo, pode passar sem isso muito bem, contanto que tenha repouso e alimentação regulares.

O cérebro em geral precisa apenas de seis horas de sono por noite, mas isso varia de pessoa para pessoa. Parece haver dois tipos de sono: o sono vital ou profundo, e o sono leve ou opcional, ou de movimento rápido dos olhos (porque os olhos ficam se movendo rapidamente para frente e para trás, por dentro das pálpebras fechadas). O sono leve é quando a pessoa sonha, o sono profundo é quando a pessoa revitaliza o cérebro. Quem dorme pouco pode passar sem o sono leve, mas não sem o sono vital. A sensação de não ter dormido é o que nos indica se estamos dormindo o bastante ou não.

Algumas coisas que se podem fazer:

1. Aceite a ideia de que qualquer sono que puder ter será realmente agradável.

2. Tente ir para cama numa hora certa, e ponha o despertador para tocar, de modo que não fique preocupado em perder a hora.

3. Não seja tolerante com excessos de sono nos fins de semana.

4. Tente fazer exercícios de relaxamento, ou uma caminhada rápida, por cerca de uma hora antes de ir para cama.

5. Não faça refeições pesadas, nem tome álcool, chá ou café (exceto descafeinado) antes de se deitar.

6. Um copo de leite quente ou Ovomaltine pode ajudar.

7. Certifique-se de que seu travesseiro e seu colchão estão confortáveis, e de que o quarto não esteja quente demais ou frio demais.

8. Faça xixi antes de deitar.

9. Se não conseguir dormir, não fique se virando na cama. Levante e vá fazer alguma coisa em outro quarto. Não deixe o seu quarto ficar associado à ideia de insônia.

10. Experimente música de relaxamento. Algumas lojas vendem fitas com esse tipo de música.

Capítulo 16
COMIDA, ABENÇOADA COMIDA

17 de outubro
Alguma coisa mudou quando acordei essa manhã. Eu dormi! Acordar foi como nadar para a superfície de um lago escuro e profundo — subindo, subindo. Talvez seja porque eu ache que acabei de arranjar um namorado, pelo menos assim espero. Vou esperar um pouco antes de escrever seu nome aqui. É um nome que me deixa tão embaraçada que tenho medo das coisas darem errado.

18 de outubro
Perdi o cadeado da minha bicicleta, mas ainda estou com a chave. Mamãe disse que eu devia comprar um cadeado com combinação, e isso vai sair das minhas próprias economias.

19 de outubro
Meu desejo a respeito da comida no colégio se tornou realidade, quem sabe finalmente TOMAMOS O PODER. Nosso questionário teve efeito. O colégio está fazendo uma campanha "CARA NOVA, ALIMEN-

TAÇÃO SAUDÁVEL", com apelos em massa do tipo "Todos unidos, de mãos dadas". Educação Física, Geografia, Estudos Sociais, um quadro para caçar palavras na revista do colégio, até as senhoras mais caretas estão envolvidas. Disseram que estão cansadas de fazer cremes para doces e tortas. Os rapazes comilões do conselho do colégio estão com ódio da gente. Foram falar com o supervisor. Até deram um jeito de a caminhonete que vende batatas fritas passar ao meio-dia e meia. Talvez porque venda também cigarros — um de cada vez. Parece que o fumo e a alimentação ruim andam sempre juntos.

A	M	P	Ã	O	I	N	T	E	G	R	A	L	Y
F	U	Ô	P	E	C	X	A	Q	L	V	Â	E	Ã
I	Z	W	Ú	N	C	D	O	V	T	I	C	N	L
B	E	A	Â	T	G	D	U	O	E	S	S	T	O
R	A	Í	Z	E	S	N	T	M	R	I	K	I	L
A	R	R	O	Z	I	N	T	E	G	R	A	L	M
S	R	A	O	V	U	P	I	D	O	O	W	H	N
S	I	A	E	R	E	C	S	I	S	X	Y	A	I
E	A	U	X	I	O	G	U	R	T	E	P	S	O
S	I	A	X	Ú	G	T	E	G	F	E	E	Q	U
H	E	E	E	R	V	I	L	H	A	D	C	U	Ê

Estou realmente orgulhosa de nossa pesquisa de opinião. Fizemos todos os alunos do sexto período formular juntos as perguntas, divulgar o questionário e analisar tudo no computador. A única falha nos resultados é que o questionário foi para a direção do colégio: eles não vão deixar a gente analisar as respostas, vão?

ANÁLISE DO QUESTIONÁRIO DA ALIMENTAÇÃO SAUDÁVEL

Pergunta 1
(a) Você acha saudável a comida fornecida no colégio?
Sim 40%   Não 60%
(b) Você considera saudável a comida em sua casa?
Sim 80%   Não 20%

Pergunta 2
Quais são suas comidas favoritas?

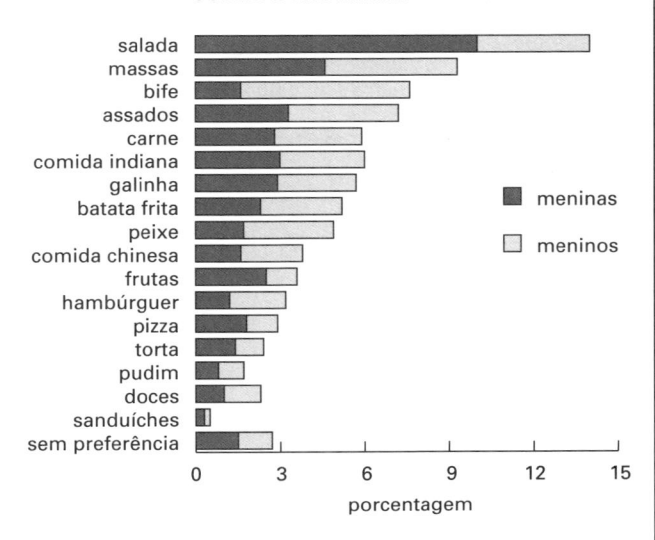

COMIDAS FAVORITAS

Pergunta 3
Suas comidas favoritas podem ser compradas no colégio?
Sim 20%   Não 80%

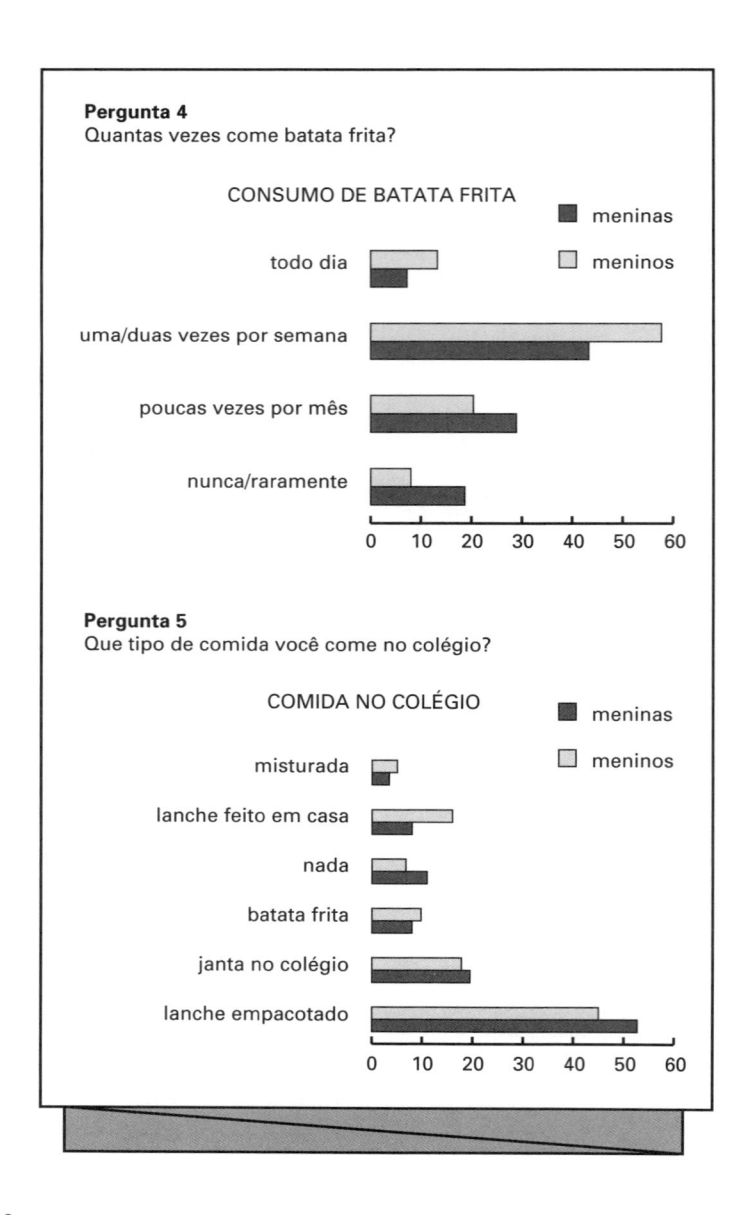

Pergunta 4
Quantas vezes come batata frita?

CONSUMO DE BATATA FRITA

■ meninas
□ meninos

todo dia

uma/duas vezes por semana

poucas vezes por mês

nunca/raramente

0   10   20   30   40   50   60

Pergunta 5
Que tipo de comida você come no colégio?

COMIDA NO COLÉGIO

■ meninas
□ meninos

misturada

lanche feito em casa

nada

batata frita

janta no colégio

lanche empacotado

0   10   20   30   40   50   60

O diário de Susie

OUTROS COMENTÁRIOS QUE TENHA A APRESENTAR A RESPEITO DE SAÚDE E ALIMENTAÇÃO NO COLÉGIO

Não coma essa comida.

Não deviam permitir que vendessem cigarros.

E nós que somos vegetarianos? Precisamos ter maior variedade, e não só salada e uma fatia de queijo cheddar.

Podíamos comer mais batatas fritas, por favor?

Elevem o limite de idade para comprar cigarro para 18 anos.

Por que só tem empadão de galinha?

Devia haver maior variedade. Que tal um pouco de comida chinesa e indiana?

Por que a unha do dedão da Doreen veio parar na minha salada?

Muita fruta, mas nenhuma aranha nem minhoquinhas, por favor.

Por que as moças que servem a comida parecem rocamboles de geleia?

Por favor, maçãs que não tenham sido esmurradas por um lutador de boxe.

O creme podia vir menos encaroçado, não é?

Mande alguém transformar água em cerveja.

Limpeza e asseio podiam ajudar o colégio, que tal?

Cortem a gordura!

Por que não podemos ter um pouco mais de comida das Índias Ocidentais, caras?

Fiquei feliz que tenha funcionado. Agora temos batatas assadas, pãezinhos de farinha de trigo integral, saladas muito variadas e frutas frescas bonitas. Mas as mulheres que servem a comida não ficaram mais magras! Continuam iguais a rocamboles de geleia.

21 de outubro

Muito bem. O nome dele é Willie. Tem 1,65 de altura, é louro, muito atraente, tem quase dezessete anos, veste roupas discretas, tem um cheirinho ótimo e, ao que parece, beija muito bem e é um ótimo dançarino, se bem que Sandy diga que ele "fica zanzando demais".

Graças a Deus Pete está longe e nada sabe sobre ele, senão as piadinhas e as queixas iam chover. Willie começou a frequentar o Centro Esportivo aos domingos e voltamos juntos para casa, mas minhas amigas estão sempre ao nosso lado. Ele disse que vai me ajudar na terça-feira, quando eu vou trabalhar de babá.

23 de outubro

Pensamento do mês: ODEIO HOMENS. Só pensam numa coisa. Consegui permissão dos meus pais para Willie me acompanhar enquanto eu tomava conta dos filhos da senhora Smith. Papai me fez uma preleção sobre "reputação" e tudo isso. Como sou a mais nova, ele pode se mostrar superprotetor também. No final, Willie veio comigo e, depois das crianças terem ido dormir, ficamos sentados juntos, nos beijando, um tempão. Aí ele me empurrou para o chão e pediu para transar comigo! Eu disse NÃO — se bem que lá no fundo eu acho que queria sim. Eu gostei mesmo dele, mas só o conhecia há duas semanas. Ele continuou insistindo, mas eu repeti "NÃO". Ele me perguntou por que não. Respondi que não era porque eu estivesse assustada nem nada disso, mas que eu nunca havia feito isso antes, não estava disposta a fazer agora, e na minha idade não é boa ideia a gente ficar grávida. Ele me veio com uma besteira incrível, dizendo que rapazes com menos de dezoito anos não podem engravidar ninguém — deve ter pensado que eu era mesmo uma idiota. Na certa não leu meu brilhante artigo anônimo sobre contracepção no jornal do colégio. Mas ele deve saber muito bem os fatos, pois frequentou o mesmo curso de educação sexual que eu no colégio. A maior parte dos meninos já possuem espermas ativos aos treze anos. Ele insistiu, garantindo que não ia me deixar depois e que me amava de verdade. Pois sim, meu velho, pensei comi-

O diário de Susie

go, pode falar à vontade. Eu não ia ceder mesmo, e no final ele acabou indo embora.

Depois que saiu, fiquei muito irritada. Ser virgem, para mim, tem um significado importante. Não vou simplesmente deixar que O PRIMEIRO QUE APAREÇA acabe com isso, como se não fosse nada.

25 de outubro

Ontem Willie pediu para sua irmã telefonar e me dizer que ele não queria mais sair comigo. Não fiquei aborrecida. Sabia mais ou menos que ele ia fazer algo assim. Eu me zanguei só porque ele não teve coragem de me dizer isso cara a cara. Agora, no colégio, ele anda espalhando a fofoca de que eu sou fria, não posso beijar e que ele me estuprou. Pessoalmente, acho estupidez dele dizer que me estuprou. Pode se meter em um monte de problemas, e não consigo imaginar que seus amigos fiquem impressionados com isso. Rapazes assim não valem mesmo nada.

Contei um pouquinho do caso para a Mary — mas não os detalhes picantes! Minhas amigas o apelidaram de "Willie miudinho". Dizem que ele ficou com todos aqueles músculos não porque tenha comido bem, nem porque tenha feito muitos exercícios, mas sim porque usou esteroides anabolizantes. Como Ben Johnson na Olimpíada. Esteroides anabolizantes criam "deformações genitais". Ideia muito gozada.

26 de outubro

Nem cadeado, nem bicicleta agora — só a chave. Não me atrevo a contar a mamãe, já que não tomei a menor iniciativa de comprar o cadeado de combinação. Disse que estava com vontade de andar.

— É um bom exercício, mãe.

No colégio, Nurd, que se autodenomina líder da turma "cigarros e batata frita", chegou para mim e disse:

— Não acredito no que você anda dizendo sobre comidas gordurosas, que provocam ataques do coração quando a gente fica mais velho. Meu avô tem 85 anos e sempre comeu coisas gordurosas à beça e fumou vinte cigarros por dia.

Eu disse para ele limpar as orelhas. O que eu havia dito não é que comida gordurosa e cigarro VÃO provocar ataques do coração, mas sim que comida gordurosa e cigarro deixam a *pessoa com mais chances* de ter ataque do coração.

Pensei que mamãe ia ter um ataque do coração quando voltei e contei sobre a bicicleta. Mas ela já sabia! Como é que eles sabem de tudo antes de a gente contar? Outra dessas coisas que devem vir com a "maturidade".

Capítulo 17
NA CAMPANHA CONTRA A AIDS

2 de novembro
Alívio. Folga de uma semana no colégio. Tempo para eu me recuperar. O que é que há de errado entre mim e os rapazes?

5 de novembro
Ninguém está soltando fogos este ano. Houve muitos acidentes no ano passado e, de qualquer jeito mesmo, o papai disse que fogos custam muito caro. Estou desapontada. Aposto que teríamos fogos se Pete estivesse aqui. O acidente com ele há alguns anos não impediu que continuasse, como ele diz, "piromaníaco". Parece um pouco com "hipocondríaco".

Em compensação, fomos todos para o festival público de fogos de artifício no parque. Lá os fogos são muito melhores, mas odeio os estouros, e eu estava com manchas de lama até a cintura quando voltei para casa. Também tinha músicos de jazz e cachorro-quente — além de bebês chorando e muita fumaceira.

Vi o John, com o Charlie — iluminados pelos fogos. Há cinco meses não punha os olhos no Charlie! Cutuquei a Kate, que com isso deixou cair na lama sua maçã açucarada, que logo foi comida por um cachorro que apareceu. Não achei que eles tenham visto a gente, mas logo depois ouvi John chamando meu nome. Charlie parecia não querer olhar para mim e vinha arrastando os pés pelo chão. Explicou que tinha perdido meu telefone, e que ele esperou que EU ligasse para ELE. Teve vergonha de perguntar o número para o John, já que talvez eu não quisesse voltar a vê-lo. Rabisquei meu telefone com o lápis de sobrancelha da Kate na última página de uma revista de adolescente que eu trazia comigo, e disse para ele não perder dessa vez.

6 de novembro

A excitação de ontem me fez esquecer tudo o que estava acontecendo hoje. Uma médica com um enorme topete apresentou um questionário para todos os alunos do sexto período. Queria saber o que sabíamos e sentíamos a respeito de AIDS. Pensei que fosse só para saber com quem eu andava saindo. Todo mundo escreveu bastante, e eu fiquei imaginando quantas coisas espantosas todos eles andavam fazendo enquanto eu nem sequer saía com ninguém (será possível, ainda?).

Os pais de Sita Beegam não iam permitir que ela preenchesse o questionário. Ela é muito legal, mas seus pais não permitem que faça nada conosco. Nunca pode sair à noite, e seus pais não deixam sequer que ela venha às aulas de Orientação Pedagógica, muito menos à festa de Natal do colégio. Embora Sita saiba que seus pais fazem isso porque foram criados assim e acham que isso é o melhor para ela — na verdade, não acredita que eles compreendam como é a vida hoje em dia. Como é que ela pode aprender alguma coisa sobre relacionamento afetivo e sexo e tudo o mais? Seus pais andam até sugerindo que vão arrumar alguém para ela se casar quando estiver mais velha. Pelo menos permitiram que ela continuasse estudando no colégio.

O diário de Susie

O QUE VOCÊ SABE SOBRE AIDS?

Por favor, preencha o questionário.
As respostas certas lhe serão fornecidas mais tarde.

Que idade você tem?
___ anos
___ meses

Qual seu sexo?
☐ masculino
☐ feminino

1. O que significam as iniciais que formam a palavra AIDS?

2. O que provoca a AIDS?

3. O que significam as iniciais que formam a palavra HIV?

4. Quando foi descoberta a AIDS?
☐ 1950-1960
☐ 1960-1970
☐ 1970-1980
☐ após 1980

5. Como e onde começou?

6. Em termos aproximados, quantas pessoas têm AIDS na Inglaterra?
☐ 1.000
☐ 2.000
☐ 5.000
☐ 10.000

7. Em termos aproximados, quantas pessoas já morreram de AIDS na Inglaterra?
☐ 50
☐ 700
☐ 1.200
☐ 4.800
☐ 12.500

8. Se você pegar o vírus da AIDS, existe um teste que possa comprovar imediatamente a presença do vírus em você?
☐ sim ☐ não ☐ não sei

9. Se você for infectado pelo vírus da AIDS, a contaminação dura a vida toda?
☐ sim ☐ não ☐ não sei

10. Se você for infectado pelo vírus da AIDS, ficará doente imediatamente?
☐ sim ☐ não ☐ não sei

11. Todas as pessoas infectadas pelo vírus da AIDS morrem de AIDS?
☐ sim ☐ não ☐ não sei

12. Como você pode saber se pegou AIDS?

13. Existe cura para a AIDS?
☐ sim ☐ não ☐ não sei

14. O vírus da AIDS pode ser transmitido mesmo quando a pessoa não sabe que está contaminada?
☐ sim ☐ não ☐ não sei

15. Numa pessoa infectada pelo vírus da AIDS, onde se localizará o vírus?

– na pele ☐ sim ☐ não ☐ não sei
– nas fezes ☐ sim ☐ não ☐ não sei
– na saliva ☐ sim ☐ não ☐ não sei
– no esperma ☐ sim ☐ não ☐ não sei
– nas lágrimas ☐ sim ☐ não ☐ não sei
– na urina ☐ sim ☐ não ☐ não sei
– no sangue ☐ sim ☐ não ☐ não sei
– na vagina ☐ sim ☐ não ☐ não sei

16. Como a pessoa pode pegar o vírus da AIDS?

– encostando na maçaneta das portas ☐ sim ☐ não ☐ não sei
– comendo no mesmo prato ou bebendo no mesmo copo de outra pessoa ☐ sim ☐ não ☐ não sei
– usando a escova de dente de outra pessoa ☐ sim ☐ não ☐ não sei
– usando uma seringa já usada por outra pessoa para injetar drogas ☐ sim ☐ não ☐ não sei
– na tábua da privada ☐ sim ☐ não ☐ não sei
– beijando muito ☐ sim ☐ não ☐ não sei
– em gotas de saliva ☐ sim ☐ não ☐ não sei

– no sexo anal	☐ sim ☐ não	☐ não sei
– segurando na mão	☐ sim ☐ não	☐ não sei
– tocando no sangue da pessoa infectada		
– por transfusão de sangue	☐ sim ☐ não	☐ não sei
– por meio dos piolhos na cabeça	☐ sim ☐ não	☐ não sei
– antes de nascer, o bebê será contaminado se mãe estiver com o vírus	☐ sim ☐ não	☐ não sei
– quando o bebê é amamentado por uma mulher contaminada	☐ sim ☐ não	☐ não sei
– por meio de espirros e tosses	☐ sim ☐ não	☐ não sei
– na relação sexual vaginal	☐ sim ☐ não	☐ não sei

17. Na relação sexual é possível:

– um homem pegar o vírus da AIDS de um homem infectado?
☐ sim ☐ não ☐ não sei

– um homem pegar o vírus da AIDS de uma mulher infectada?
☐ sim ☐ não ☐ não sei

– uma mulher pegar o vírus da AIDS de um homem infectado?
☐ sim ☐ não ☐ não sei

– uma mulher pegar o vírus da AIDS de uma mulher infectada?
☐ sim ☐ não ☐ não sei

18. Dê o nome de três grupos de pessoas que julga com o maior risco de pegar AIDS:

a) _____
b) _____
c) _____

19. Qual dos três fatores abaixo é capaz de matar o vírus da AIDS fora do corpo?

– calor   ☐   ☐   ☐
– água e sabão ☐   ☐   ☐
– desinfetantes ☐   ☐   ☐

20. Usar camisinha (preservativo) protege a pessoa contra o vírus da AIDS?
☐ sim ☐ não ☐ não sei

21. Se você tem um amigo que anda preocupado com a AIDS, aonde acha que ele/ela devia ir primeiro? (assinale apenas uma resposta):

– setor de emergência do hospital local
– médico da família
– clínica de doenças sexualmente transmissíveis
– enfermeira do colégio
– professor
– pais
– telefone de aconselhamento para pessoas com AIDS
– amigos

22. Numere de 1 a 4 as coisas que você acha mais sérias (1 para o mais grave; 4 para o menos grave):

– notas ruins nas provas
– sair de casa muito jovem
– pegar AIDS
– morte de alguém da sua família
– estar sem emprego
– discutir com os pais
– ser preso por usar drogas
– não ter namorado ou namorada firme
– a morte de seu bichinho de estimação

Muito obrigado por responder a este questionário.

Tive que suar para responder isso tudo. E na certa ainda errei metade das perguntas.

7 de novembro
Acho que o Charlie deve ter perdido meu telefone outra vez. Não vou ligar para ele de jeito nenhum.

8 de novembro
De novo AIDS no colégio. O professor nos deu as respostas certas — e amanhã teremos mais informações ainda. Eles estão obcecados mesmo.

AIDS - AS RESPOSTAS PARA TODAS AS SUAS PERGUNTAS

1. O que significam as iniciais da palavra AIDS?

Síndrome de Imunodeficiência Adquirida. Recebeu este nome em virtude de a doença destruir as defesas normais do organismo (sistema imunológico) contra as infecções.

2. O que provoca a AIDS?

Um vírus. A maioria dos casos de AIDS são provocados por um vírus chamado HIV1. Recentemente, pesquisas revelaram outro vírus causador da AIDS chamado HIV2, e outros vêm sendo descobertos.

3. O que significam as iniciais que formam a palavra HIV?

Vírus da Imunodeficiência Humana. Porque afeta o sistema imunológico do organismo.

4. Quando foi descoberta a AIDS?

Primeiramente, foi notada nos Estados Unidos no início dos anos 80. Todavia, houve um caso nos anos 70 de um menino que morreu de uma doença misteriosa e até então desconhecida. Guardaram um pouco de seu sangue, e quando o examinaram nos anos 80, descobriram que ele pode ter sido infectado pelo vírus da AIDS.

5- Como e onde começou?

Não se sabe. Existem muitas teorias, inclusive uma segundo a qual pode ter se originado do contato entre um ser humano e um macaco africano. Em seguida, teria se espalhado pelos Estados Unidos por meio de um comissário de bordo que viajava muito e tinha muitos parceiros sexuais pelo mundo.

6- Quantas pessoas têm AIDS na Inglaterra?

O número de casos novo a cada ano é o seguinte:
1984: 77
1985: 160
1986: 305
1987: 646
1988: 539

7. Quantas dessas pessoas morreram de AIDS até o final de 1988?

Dos 77 casos de 1984 - 74 mortos
Dos 160 casos de 1985 - 135 mortos
Dos 305 casos de 1986 - 243 mortos
Dos 649 casos de 1987 - 366 mortos
Dos 539 casos de 1988 - 213 mortos (até 1 de janeiro de 1989)

8. Existe um teste que comprove imediatamente a presença do vírus da AIDS?

É preciso fazer uma exame de sangue a fim de estabelecer se você foi ou não infectado pelo vírus da AIDS, mas demora pelo menos quatro meses após a contaminação para que o exame possa dar resultados positivos.

9. A contaminação pelo vírus da AIDS dura a vida inteira?

Sim. Uma vez contaminada pelo vírus, a pessoa não se livrará dele até morrer.

10. Se você for infectado pelo vírus da AIDS, ficará doente imediatamente?

Não. Você pode ser contaminado e não apresentar nenhum sintoma da doença por anos, e até mesmo em certos casos, nunca. Entretanto, mesmo que não esteja doente, poderá contaminar outras pessoas.

11. Todas as pessoas infectadas pelo vírus da AIDS morrem de AIDS?

Não. Até o momento, algumas pessoas contaminadas pelo vírus não desenvolveram a doença, mas ainda é cedo para ter certeza. O fato é que, a cada ano, de todas as pessoas contaminadas, gradualmente um número maior passa a desenvolver a doença. Uma vez desenvolvida a doença na pessoa, as chances de morrer são muito grandes, pois até o momento não existe cura para ela.

12. Quais são os sintomas?

Os primeiros sinais de AIDS podem ser muito vagos e muito parecidos com os sintomas de outras doenças. Cansaço e gânglios inchados são muito comuns, mas ter isso não quer dizer que se esteja com AIDS. Outros sintomas são perda de peso e infecções repetidas. Você deve se preocupar com a possibilidade de estar com AIDS dependendo do que você andou fazendo e caso tenha se exposto a uma situação em que existe o risco de pegar o vírus.

13. Existe cura?

Não. Até o momento não existe, e nem há sinal de que tão cedo venha a existir. Alguns medicamentos têm sido experimentados, e provaram poder tornar a evolução da doença mais lenta. Os cientistas trabalham também para desenvolver uma vacina contra a AIDS, mas mesmo depois da descoberta, ainda levará vários anos para ser testada.

14. O vírus da AIDS pode ser transmitido mesmo quando a pessoa não sabe que está contaminada?

Sim. O exame de sangue só se torna positivo vários meses após o vírus ter entrado no corpo. Nem todo mundo que está contaminado tem consciência de que está doente, porque ainda não fez o exame.

15. Em que parte do corpo da pessoa infectada se localiza o vírus?

No sangue, no esperma, nas secreções vaginais. Pode também ser encontrado nas fezes, na saliva, nas lágrimas, na urina, mas apenas em quantidade muito pequena e, ao que parece, insuficiente para transmitir a doença. Não se localiza na pele.

16. Como uma pessoa pode pegar o vírus da AIDS?

De uma pessoa contaminada, no seguintes casos: ao usar a mesma seringa que ela, ou ao ter relações sexuais com essa pessoa. Além disso, quando a pessoa contaminada for uma gestante, o bebê também será contaminado. Algumas pessoas também pegaram AIDS ao sofrer transfusão de sangue, com sangue infectado ou com produtos derivados do sangue infectado (inclusive no tratamento da hemofilia). Mas agora todo o sangue e derivados do sangue são testados, e as pessoas com alto risco de serem portadoras do vírus da AIDS são impedidas de doar sangue. Não se pega AIDS: tocando em maçanetas de portas, comendo no mesmo prato ou bebendo no mesmo copo, sentando na tábua da privada, segurando a mão, pegando piolhos no cabelo, espirrando ou tossindo, nem nadando em piscinas. Até o momento, supõe-se que não se pega AIDS beijando nem usando a mesma escova de dentes do parceiro.

17. Quando se tem relações sexuais:

Um homem pode pegar o vírus da AIDS de uma mulher infectada ou de outro homem infectado. Uma mulher pode pegar o vírus de um homem infectado. Não existe caso conhecido em que uma mulher tenha pegado o vírus da AIDS de uma outra mulher.

18. Grupos com mais alto risco de pegar AIDS:

Os grupos com mais alta incidência são os homossexuais e os bissexuais, viciados em drogas intravenosas, prostitutas e até, há algum tempo, hemofílicos e pessoas que recebiam transfusão de sangue. Isto no que se refere à Inglaterra. Todavia, em certos países da África, trata-se de uma doença generalizada em ambos os sexos e todos os que mudam constantemente de parceiros sexuais passam a correr um alto risco. SE VOCÊ E SEU PARCEIRO TÊM RELAÇÕES APENAS UM COM O OUTRO, NÃO VÃO PEGAR AIDS (a menos que seja estúpido o bastante para usar drogas intravenosas).

19. O que mata o vírus da AIDS?

O vírus da AIDS é muito sensível e tem dificuldade para sobreviver fora do corpo. Morre também em virtude do calor, água e sabão e desinfetantes. Por isso não se pode pegar AIDS em xícaras, maçanetas e tábua de privada.

20. A camisinha protege a pessoa contra a AIDS?

Sim. Quase completamente. É uma boa ideia usar sempre preservativo. LEMBRE-SE DE QUE A CAMISINHA TAMBÉM PROTEGE DE OUTRAS DOENÇAS SEXUALMENTE TRANSMISSÍVEIS E EVITA A GRAVIDEZ.

21. Quem se pode procurar em caso de necessidade?

Se você anda preocupado, deve falar com alguém a respeito de seus temores. Não importa muito quem seja, contanto que se trate de uma pessoa compreensiva. Se você tem de fato uma razão séria para estar preocupado, o único modo de se certificar é fazer um exame de sangue, e para isso é preciso consultar um médico.

22. O que mais o preocupa?

A pesquisa em sua turma constatou que as quatro maiores preocupações são:
1) desemprego
2) morte de alguém da sua família
3) notas ruins nas provas
4) não ter namorado ou namorada firme
Naturalmente, as preocupações são muito diferentes, conforme a idade das pessoas. Não há nada de errado nisso!

O Mark (a quem dei uma nota 2) sabia todas as respostas. Não admira, sendo daquele jeito. Eu teria que estar realmente muito desesperada para dizer "Sim" para ele.

Acho que mamãe nunca mais vai falar com a Sally. Tivemos uma discussão sobre AIDS. Perguntei à Sally a respeito de seus namorados no ano passado, e Sally contou nos dedos das duas mãos — só para irritar a mamãe. Ela ficou uma fera. Para acalmar um pouco sua ira, perguntei quantos namorados ela teve antes de conhecer o papai. Nenhuma resposta. Só pensar que meus pais tenham namorado outras pessoas me deixa tonta. Mesmo assim, fico imaginando que experiências eles tiveram na verdade antes de se casar. Às vezes não consigo acreditar que fossem ambos tão completamente inocentes quanto dizem. Ainda mais conhecendo aquelas fotografias velhas da mamãe que o Pete achou dentro de uma caixa na casa da tia Pam!

9 de novembro

CHARLIE LIGOU! Ele contou a verdade ao dizer que não me telefonou da outra vez porque tinha perdido meu número. Na semana que vem vou me encontrar com ele.

Capítulo 18
NA CAMPANHA DAS FINANÇAS

21 de novembro
Para meu espanto, ando com saudade do Pete. Até das gozações.
Minha situação de grana é crítica. Acho que minha mesada não dá para nada, assim, fiz uma rápida pesquisa entre minhas amigas. A pobre Kate só ganha 1,50 libra (não sei como pode aguentar), mas é claro que não compra doces nem nada. Mary é quem ganha mais. Os pais dela também são separados, e ela recebe 10 libras por semana da mãe e mais 10 do pai. Ela diz que arranca deles o que pode, fazendo com que se sintam culpados. A maior parte ganha cerca de 5 libras, que é o que eu queria receber — quando mamãe se lembra. Eu costumava ganhar 20 libras por mês, mas gastava tudo logo no primeiro dia, comprando um par de sapatos. Mamãe diz que é só para o cinema, presentes, fitas, ônibus, maquiagem e revistas. Ela compra roupas e sapatos.
Já que estudamos tanto no colégio, eu queria ser paga para ir lá. Assim eu não precisava ficar pedindo para mamãe o tempo todo. Charlie está trabalhando numa garagem como aprendiz de mecânico e ganha 100 libras por semana. Parecia uma fortuna, mas ele explicou que uma

parte vai para os impostos, e dá 25 libras por semana para os pais, a fim de comprar comida e pagar o aluguel, precisa arcar com todas as suas despesas diárias de transporte, roupas E TAMBÉM para me levar ao cinema! Eu disse que ia pagar o meu ingresso dessa primeira vez, mas depois descobri que não podia, já que meu dinheiro não dava. Ainda bem que ele insistiu em pagar.

Eu tinha mais dinheiro quando trabalhava tomando conta de crianças para mulheres que precisavam sair de casa. Mas deixei isso de lado com certas experiências que tive. Acho que podia recomeçar, já que ando tão dura. Ou podia arrumar um emprego como a Mary. Trabalha recolhendo os copos das mesas numa adega, nas noites de sábado e domingo. Ganha 5 libras por duas horas e meia de trabalho. John trabalhava num restaurante e ganhava 10 ou 12 libras por seis horas de serviço. Agora está num bar, que detesta. Ganha 15 libras por nove horas de trabalho. É um verdadeiro trabalho escravo e ele fica esgotado.

22 de novembro
Uma carta do Pete! Quem sabe ele também sente saudade de mim?

Querida Susie

Bem, aqui estou eu na universidade. Pensei que ia ser moleza. Mas quando mamãe me trazia de carro, o pânico já tinha começado quinze quilômetros antes de chegar a Nottingham. Será que alguém vai gostar de mim? E se ninguém falar comigo? Todos vão ser mais inteligentes do que eu? Vou acabar desistindo? Será que não devia ter um ano de folga?
Mamãe foi muito legal. Você sabe como ela sabe ser compreensiva quando quer: "– Você vai gostar. Estão todos no mesmo barco. Seja natural, como você é na verdade, só isso."
O conselho mais sensato do mundo.
Tenho a chave do meu quarto e da caixa de correio! (Nossa, eu devo ser mesmo popular, pensei, enchendo um saco do correio com um monte de papel.)

Todas as cartas eram convites para eu ingressar nessa ou naquele sociedade, e pagar a contribuição correspondente, é claro. Meu quarto. Mmmmmmm, não é mau. Pequeno. Acho que uns cartazes vão resolver o problema. Não desfiz as malas ainda, mas dei uma saída para encontrar pessoas. Não ia passar meus próximos quatro anos na minha toca. Não conhecia ninguém. Seja igual aos americanos – eu dizia para mim mesmo –, se imponha. "Oi, sou Pete. Como vai?", "Tenha um bom dia". De repente, não pareceu nada fácil, e mesmo assim fiz alguns amigos. Vou contar tudo sobre eles para você quando a gente se vir no Natal.

Sinto falta de vocês todos e do meu quarto, e é melhor que todo mundo aí me escreva, hem? Podia me mandar as páginas dos últimos jornais daí que trazem notícias sobre futebol? Podia me mandar meu pulôver azul que está na gaveta de cima no armário do meu quarto? (Talvez precise dar uma lavada antes.) E também meu outro par de sapatos, minha pasta com papel pautado e minha outra caneta. Susie, você está com a minha camiseta "Erva é para tempero, não para fumar"? Sei que eu dei para você, mas agora eu queria de volta. E também meu dicionário médico e meu livro "Gênios da medicina". Se isso tudo for muito trabalho, pode dar tudo para Sandy, que virá me encontrar aqui na semana que vem – tomara.

Um beijo do seu irmão **Pete**, o hipocondríaco

P.S. Tenho que dividir a cozinha com um sujeito que criou uma ideologia só para justificar o fato de que é um preguiçoso sem-vergonha. Nunca lava nada do que usou. Vou adotar o método quando voltar.

P.P.S. Eu me esqueci de pôr essa carta no correio quando a escrevi há cinco semanas! Lamento as notícias sobre o coelhinho e Bovril. Tinha planos para usar o coelhinho numa experiência médica quando voltasse no Natal. Você devia ter tomado mais cuidado. (Muito engraçadinho esse meu irmão.)

Pete ainda não sabe nada sobre o Charlie. Nem tenho certeza de que eu mesma saiba. Foi muito bom no cinema, na noite passada. Nenhuma tentativa de estupro.

AIDS, AIDS, AIDS. Falam tanto que parece que estão todos gritando Ai, Ai, Ai! Mary contou que a reação do Mini Willie foi a seguinte:

— Vou parar com essa história de sair com as garotas. Mas se tiver que ir parar na cama com uma delas, bom, aí vou ter que botar uma camisinha ali bem firme, que sem isso não vou de jeito nenhum, não senhor.

Não conheço ninguém que tenha AIDS, mas tive que passar a tarde inteira no colégio falando sobre isso. Foi muito reveladora a atitude de certos amigos. John disse:

— Se eu pegasse AIDS, ia viver o resto de minha vida do jeito mais excitante que pudesse, do jeito que eu bem entendesse. Não ia transar com ninguém para que ninguém ficasse doente por minha causa. Acho que não ia contar para ninguém. Na certa ia perder um monte de amigos, que iam achar que eu era uma coisa ruim e suja. Por isso, só ia contar para os meus pais e para a pessoa de quem eu tivesse pegado o vírus, para que não passasse o vírus para mais ninguém. Acho que iria para um lugar onde outras pessoas tivessem AIDS, e eu não me sentisse tão diferente.

Mary teve uma reação horrível e disse que se pegasse AIDS ia passar o vírus para o maior número de pessoas, para que morressem com ela. Disse que ia se sentir tão amargurada e revoltada que na certa ia se matar antes da doença acabar com ela.

Enquanto conversávamos, Kate, que senta do meu lado, passou um bilhetinho que dizia:

"Conselho de amiga: não vacile,
exija camisinha no seu Willie."

Eu ri e o senhor Rogers (que mau hálito ele tem) me apanhou com o bilhetinho na mão. Leu o que dizia, ficou vermelhão, e depois fez um grande esforço para não rir também.

Emma acha que as informações sobre a AIDS mudaram sua visão do sexo, e ainda que não tenha criado nela um pavor do sexo, com certeza vai fazer com que tenha mais cuidado. Ela acha que terá de ter certeza do tipo de pessoa com quem está se relacionando, e para isso terá que perguntar ao parceiro como foi sua vida sexual anterior. Tem medo de que isso pareça rude ou até ofensivo. O senhor Rogers disse que ela não precisava ter medo de perguntar a alguém quem foram seus parceiros sexuais anteriores. Nisso podia estar a diferença entre a vida e a morte. E não só por causa da AIDS, mas também de todas as outras doenças sexualmente transmissíveis.

Gostaria que os cientistas descobrissem logo uma cura para a AIDS, porque tenho medo de pegar o vírus quando ficar mais velha. As pessoas fazem piadinhas sobre isso, mas não pensam o que ia acontecer se pegassem o vírus de verdade. Acho que está se tornando um problema sério, no mundo todo, e é apavorante pensar que se a gente sai com alguém, é impossível saber se está com o vírus ou não. Se eu descobrisse que estava com AIDS, e houvesse uma experiência para tentar encontrar uma cura, eu gostaria de ser voluntária para os testes.

Não gosto de ver esses bebezinhos na tevê que nasceram com AIDS. Nem sabem que estão doentes, mas vão morrer. Fico deprimida com esses programas sobre AIDS, porque o número de pessoas contaminadas não para de crescer. Não gostei especialmente do programa sobre um homem que ficou tão furioso porque ia morrer de AIDS que resolveu transar com todo mundo que pudesse, para espalhar ao máximo a doença. Isso é muito egoísmo — igual ao que Mary disse. Assisti também àquele seriado sobre um homem que pegou AIDS. Teve que contar à mulher que pegou a doença transando com uma prostituta. A cada semana ele piorava. Acho que esse programa deve ter mexido com a cabeça de muita gente, se não esqueceram tudo logo duas semanas depois.

Pensamento do Dia (escrito na parede de um banheiro): "O último a pegar AIDS é o rei da masturbação".

29 de novembro

Acho que tudo vai indo bem com Charlie — pelo menos, espero que sim. Acho que não vou ter coragem de escrever nada se alguma coisa der errado. Às vezes fico em dúvida se ele gosta mesmo de mim. É muito pouco ousado.

3 de dezembro

Não sei como o Pete pode querer ser médico. Acho que eu seria uma médica horrível. Hoje de manhã senti falta dos conselhos do Pete, mas foi Sita quem me ajudou a decidir. Estávamos todas do lado de fora, no intervalo das aulas, e eu evitando ficar no meio da multidão que sempre se amontoa na esquina para fumar, quando de repente um garoto do quarto período caiu no chão e começou a tremer. Acho que no início todo mundo pensou que ele estivesse brincando, mas logo muita gente cercou o garoto e ficou olhando. Ninguém sabia o que fazer e todos começamos a ficar assustados, achando que ele estivesse morrendo. Aí veio Sita e mandou todo mundo se afastar e não tocar no garoto, garantindo que ele logo ia ficar bom. Pareceu que só depois de muito tempo o garoto foi parando de tremer, mas na verdade deve ter demorado só um minuto. Depois pareceu pegar no sono. Sita então virou o corpo do garoto de lado para que não sufocasse no caso de vomitar. Ela disse que também é preciso fazer isso se a pessoa bebeu muito.

O senhor Rogers chegou e mandou todos voltarem para as salas de aula, inclusive Sita, que ficou um pouco chateada pois tinha feito tudo direitinho. Mais tarde, Sita contou que tinha um primo que às vezes sofria esses ataques quando era criança, mas só quando sua temperatura subia muito. Depois o senhor Rogers veio e lhe disse "Muito obrigado", e explicou que o garoto tinha epilepsia há algum tempo. Em geral ele não sofria mais esse tipo de problema, desde que tomasse suas pílulas de manhã, mas tinha se esquecido disso nos últimos dias.

Acho que o senhor Rogers notou que estávamos todos assustados, pois garantiu que a epilepsia só atinge 5 pessoas em cada grupo de 1.000. A maioria dos epiléticos pode ter uma vida perfeitamente normal com a ajuda de medicamentos. A pior dificuldade para os epiléticos são as outras pessoas ficarem assustadas com isso e serem tratadas como se estivessem doentes o tempo todo, ou fossem doidos ou coisa assim. Podem fazer tudo o que os outros fazem. Trabalhar, praticar esporte e até nadar (contanto que estejam acompanhados).

Mas foi assustador e dá para entender porquê as pessoas acham que o epilético vai morrer quando está tendo o ataque. O senhor Rogers disse que isso não acontece, a menos que a pessoa se fira muito durante o ataque. Disse que, quando alguém estiver sofrendo um ataque, a gente deve tentar evitar que fique se chocando com as coisas à sua volta. Disse que muita gente acha que precisa colocar algo na boca do epilético para que ele não morda a própria língua. Hoje em dia sabe-se que isso é errado, pois podem se engasgar ou até podem morder a gente sem querer. Se deixar a pessoa em paz, o ataque vai passar sozinho após alguns minutos. Aí a gente faz o mesmo que Sita, vira a pessoa de lado e espera acordar. Em geral não é preciso ir ao hospital nem nada, e Sita e eu vimos o garoto no pátio naquela mesma tarde. Acho que ele devia ter dito alguma coisa para Sita, mas vai ver nem sabe que foi ela quem ajudou. Ou talvez tenha ficado com vergonha. Pete vem para casa na semana que vem, e aí vou contar tudo isso para ele.

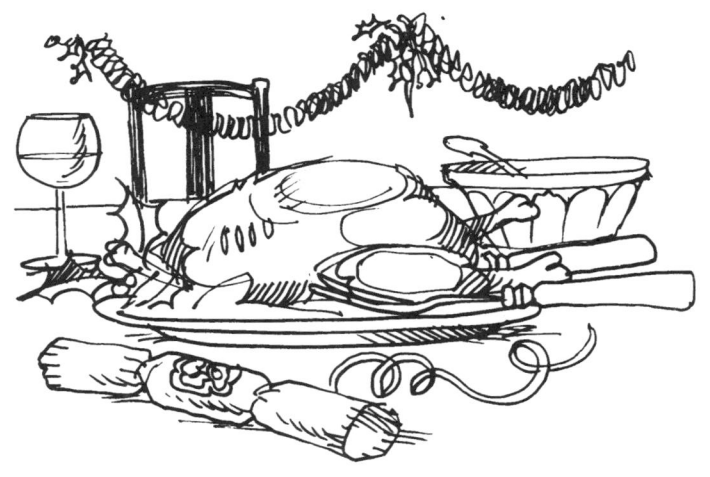

Capítulo 19
COCEIRAS DE NATAL

10 de dezembro

Pete voltou. O mesmo arrogante de sempre, e agora ainda pior, achando que sabe tudo mesmo, porque está na universidade. Acho que ainda gosta muito da Sandy, mas não sei se a recíproca é verdadeira. Não contei a ele nada das minhas suspeitas. Eu me importo muito com ele, mas não quero que ele saiba disso por mim. Contei o caso do ataque epilético no colégio. É bom EU ter alguma coisa para contar para ELE, para variar um pouco.

17 de dezembro

Aniversário do Pete. 18 anos! Não vai fazer festa, pois já fez uma em Nottingham — junto com um colega que também faz 18 anos nesta semana. Mamãe perguntou se queria outra festa aqui em casa, mas acho que no fundo ficou aliviada quando Pete respondeu que preferia sair para jantar com os amigos.

18 de dezembro

Charlie esteve fora por duas semanas, num curso de treinamento. Agora voltou e estamos nos vendo muito. Mamãe não quer que me encontre com ele durante a semana de provas, pois acha que pode interferir com os estudos. A mãe de Mary deixa que ela saia o tempo todo. Às vezes acho que ela não liga para a Mary. Apesar de eu ficar zangada com minha mãe e discutir com ela sobre isso, na verdade é muito bom. Posso continuar estudando direito e dizer ao Charlie que é tudo culpa da minha mãe!

Toda aquela conversa do Pete sobre "sequência sexual" parece ser verdade, se bem que eu nunca tenha pensado nisso antes. Achei que fosse algo que só acontecia com os outros, ou nos livros. A ideia nunca passou pela minha cabeça ali no calor da hora!

Sei que Charlie gosta de mim porque ele está sempre me olhando com o canto dos olhos. Sua mão às vezes roça na minha como por acaso. Sorri muito para mim e senta-se perto de mim mesmo quando tem muitos lugares em volta. Olha para partes do meu corpo e está sempre nervoso com medo da minha reação diante das coisas que ele diz. Às vezes concorda com o que eu digo, quando sei que na verdade não concorda. Pensei que só as garotas faziam isso! Parece estar sempre passando a língua nos lábios, o que me faz pensar quais serão suas expectativas! Ele me beijou, mas acho que não tem muita experiência nisso.

Charlie pareceu um pouco frio quando saímos pela primeira vez. O meu cheiro naquele dia deve ter esfriado seu ânimo. Ou talvez meus "feromônios" não estivessem em ordem. Eu não fumo há um tempão, pois Charlie uma vez disse que não gostava de garotas com cheiro de cinzeiro. Eu me enganei com aquela ideia de que ele andava metido com drogas — ele pensa igual ao Pete sobre esse assunto.

Deve ser um emprego interessante pesquisar essa teoria da "sequência sexual". Melhor do que ser cabeleireiro, por exemplo (se bem que isso também tem tudo a ver com sexo). Sally acha que esse papo de ciência é um monte de asneira e só serve para estragar tudo.

20 de dezembro

Pete anda com um problema. As coisas não vão bem entre ele e Sandy. Pete acha que ela está tendo um caso com outra pessoa. Não consegue entender o que as garotas querem. Uma lista comprida de reclamações: "Por que ela não diz o que quer?", "Por que precisa ficar chorando tanto e dando a entender que está guardando um segredo horrível?", "Por que vive dizendo que vai contar tudo para ele, mas não conta?". Pete acha que Sandy está querendo deixar ele maluco. Depois de ter dito coisas rudes para ele, aparece no bar paquerando Pete. Sandy ficou mesmo muito irritada quando Pete a rejeitou e disse que era porque ela estava embriagada. Pete não merece ser tratado assim.

Mostrei a ele o questionário sobre AIDS. Errou metade das respostas, mas disse que não tinha importância, pois ele não fazia parte dos grupos de alto risco. Será mesmo verdade?

Há algum tempo, num curso de iniciação à medicina, ele aprendeu alguma coisa sobre doenças sexualmente transmissíveis, mas não sabe se aqueles ensinamentos são realmente úteis hoje em dia. Ao que parece, costumavam tratar a sífilis aplicando à parte do corpo afetada um pedaço de nabo assado, "o mais quente que o paciente pudesse suportar". Perguntei:

— Que parte é essa?

Ele disse que, hoje em dia, se a gente mantém um único parceiro, o risco da AIDS virtualmente não existe. Com cinco parceiros em um ano, a rede de pessoas ligadas sexualmente, num período de cinco anos, pode chegar a 3.905. Com vinte parceiros, isso vai a um milhão de pessoas. Muito além da minha capacidade matemática, mas, naturalmente, não da capacidade do Pete.

23 de dezembro

Pete anda preocupado com sua saúde. Acho que tudo está ligado ao fato do pai da Sandy ter morrido de ataque cardíaco. Tinha só 56 anos, mas fumava vinte cigarros por dia e comia muita coisa pesada. Pete quis saber o nível de colesterol no seu sangue. Tinha certeza de que era alto. Soube que a maioria dos ataques cardíacos ocorre em virtude do excesso de colesterol no sangue. Ao que parece, quase todo mundo (70%) neste país tem nível elevado de colesterol no sangue, bem mais do que nos Estados Unidos, e por isso acham que aqui é o lugar onde ocorrem mais ataques cardíacos no mundo todo. O que fizeram direito nos Estados Unidos que não estamos fazendo aqui? Não devia ter perguntado, não é? Não, se eu não queria ouvir aquela conferência de meia hora.

— *Nos EUA, eles comem pão de trigo integral, massa integral, feijões, batatas assadas com casca, lentilhas, arroz integral...*

Pedi licença para ir ao banheiro. Naturalmente foi o efeito de todas essas fibras. Mas a avalanche tinha começado e não era só por isso que ia parar agora. Minha avalanche ia ter que esperar um pouco mais.

— *... fazem mais exercícios físicos, bebem leite desnatado de preferência ao mais gorduroso, preferem iogurtes desnatados ao creme de leite, usam pasta de sementes de girassol em lugar da manteiga, cozinham com óleos vegetais poli-insaturados e secam as frituras depois de prontas, comem mais peixe, as partes brancas da galinha (não a pele) e menos carne vermelha...*

Por favor, por favor, estou muito apertada!

— *... preferem comida grelhada à frita, nada de salsichas nem batata frita. Se as autoridades médicas fazem toda essa campanha, por que o governo não colabora pelo menos garantindo que as refeições nas escolas sejam saudáveis? Devem andar pensando nisso: estão dando sementes e grãos para os porcos comerem, a fim de verificar se assim reduzem o seu nível de colesterol.*

Disparei feito um foguete para o banheiro. Quando voltei, contei a ele sobre meu êxito no colégio, com aquele questionário sobre alimentação. Acho que ficou impressionado.

Coitado do Pete. Recebeu uma carta da Sandy e tudo está acabado. Deve ser por isso que logo hoje Bovril achou de comer os dois peixinhos dourados — Leroy e Marvin — que Sandy tinha dado para ele. Melhor comidos pelo gato do que fritos no prato, ha, ha, ha.

Tudo empesteado com cheiro de cigarro.

24 de dezembro

Daisy, Paul e tia Jo vieram para um lanche natalino. Estão na casa da tia Pam, assim vamos nos encontrar de novo amanhã. Tia Jo está pedindo o divórcio. Tio Geoff foi embora com a sua dondoca para a Irlanda do Norte, a serviço. Pelo jeito que tratou a tia Jo, merece que os terroristas de lá ponham uma bomba no carro dele.

Pete achou no jornal a notícia de uma pesquisa segundo a qual os rapazes pensam em sexo oito vezes por hora, em média. Ele diz que só pensa nisso uma vez a cada hora. Deve ser porque pensa durante sessenta minutos sem parar!

25 de dezembro

Que presente de Natal. Acordei com a bunda coçando. Devem ser os vermes outra vez. Achei que eu já estava velha demais para isso. Aposto que peguei dos meus primos. Pego tudo deles. Papai falou que isso não passa de um para o outro tão rápido assim. E ele é o especialista da casa em tudo que é coisa nojenta. Existem muitas variedades de vermes humanos: compridos, curtos, grossos, finos, chatos, hermafroditas. Existem vermes que viajam pelo corpo da gente e põem ovos mesmo nos lugares mais desagradáveis. Tem os que deixam a gente magra, que dão coceira na bunda, que são transmitidos por um animal, que entram no corpo quando a gente ingere alimentos crus, que vêm de outros seres humanos, e por aí a fora. Os mais comuns são os oxiúros (chamados nematódeos filiformes, ou *Enterobius vermicularis*), e são esses que estão dentro de mim, segundo disse o papai.

Ele fala dos vermes quase como se fossem seus amigos!

— São criaturazinhas inofensivas que habitam o intestino de uma em cada três pessoas, a maior parte do tempo. Têm dois sexos — as "mulheres" são maiores que os "homens" — 13 milímetros delas em comparação com os 5 milímetros deles — e um diâmetro de 5 milímetros, em comparação com 0,2 milímetros nos "homens". A verme grávida transforma todo o seu corpo em dois enormes úteros — sempre prontos para expelir sua carga —, ao passo que tudo que o macho tem é só uma cauda enroscada! A maioria vem morar no nosso intestino, perto do apêndice, e de noite a fêmea dá uma saidinha para pôr seus ovos na nossa pele, em volta do ânus, e por isso você sente essa coceira.

Papai acha que eu peguei os vermes de alguém que coçou sua própria bunda. Os ovos vieram parar nas unhas dessa pessoa, que tocaram algum alimento que depois eu comi, e assim se espalharam. Argh. Não gosto nada dessa ideia de ter comido alguma coisa que veio da bunda de outra pessoa. Agora eles estão pulando lá dentro de mim, fazendo o maior banquete de Natal. Papai disse que é fácil da gente se livrar deles. Basta tomar algum remédio contra vermes (vermífugo) — como tinha o remédio contra piolhos. O efeito é uma faxina nas nossas tripas, e aí os vermes vão embora. Mas ainda vou ter que aguentar a coceira por mais dois dias.

Pete disse que também está assim. Queria usar isso como desculpa para não ir ao almoço na casa da tia Pam. Mas mamãe de jeito nenhum vai deixar que a gente falte. Disse que o problema era nosso, MAS... portanto tivemos que ir. Como se já não fosse muito chato ir lá, ainda tivemos que ouvir um sermão da mamãe sobre boas maneiras e que tínhamos que ser gentis com Daisy e Paul.

Como de hábito, a casa da tia Pam e do tio Bob estava fedendo a cocô de cachorro e xixi de gato. Às vezes eu fico pensando se não será sempre o mesmo cocô e o mesmo xixi que eles nunca limparam. Passaram quatro horas antes de o almoço ser servido. O espírito de alegria do Natal tinha baixado ao nível zero. Tio Bob se embriagando, vovó roncando, papai sem nada para falar, mamãe tentando preencher os longos espaços vazios na conversa, tia Jo soluçando em silêncio, tia Pam suando na cozinha, Daisy estudando os velhos pontos de tricô da tia Pam, Pete e Paul totalmente sumidos — eu fiquei ali, me coçando. Acho que Sally fez bem em passar o Natal com os pais de seu namorado novo. Gostaria de ter ido com ela.

Quando a comida finalmente foi servida, ninguém achava Pete nem

Paul. Eu disse que eles deviam estar lá em cima, fumando maconha juntos. Daisy foi correndo lá para cima (vai ver queria também fumar um pouco), mas só achou meu pai, fumando um cigarro. Por fim, fomos encontrar os dois no jardim jogando futebol. Entraram cobertos de lama e trouxeram nos pés um pouco mais de titica de cachorro para o tapete da sala. Paul tropeçou no fio elétrico que ligava as lâmpadas da árvore de Natal, que desabou em cima da mesa. O resultado foi sopa de pinheiro. Não acho que isso tenha piorado as coisas. Tia Pam decididamente ganhou o troféu "Pior cozinheira do ano". Ainda bem que sou vegetariana. O jeito do tio Bob manusear o facão para trinchar o peru era mais assustador do que as cenas de algum filme do tipo "Massacre da Serra Elétrica". Tia Pam esqueceu o saco plástico com as vísceras dentro do peru. As bolachas eram as mais moles que já comi na vida. Só tia Pam e tio Bob se animaram a usar os chapeuzinhos de papel. Todo mundo se queixou, dizendo que eram pequenos demais e não entravam na cabeça. Desconfio que tenham contratado retardados mentais para escrever as piadas que vinham dentro dos doces:

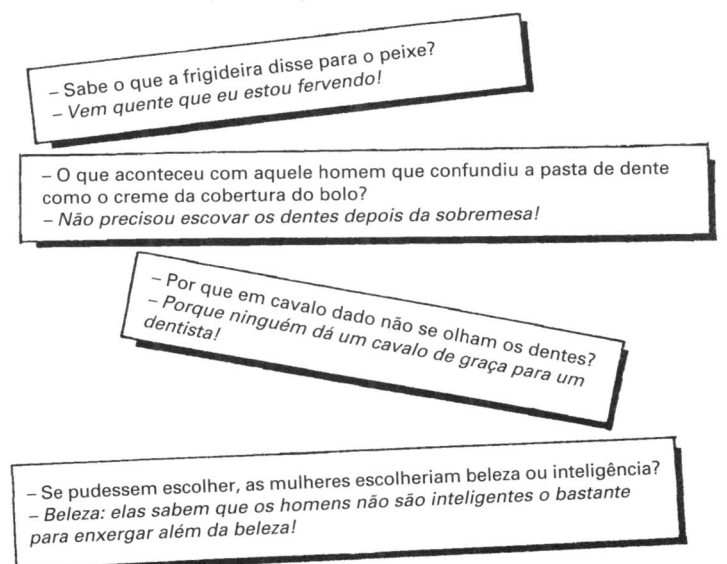

– Sabe o que a frigideira disse para o peixe?
– Vem quente que eu estou fervendo!

– O que aconteceu com aquele homem que confundiu a pasta de dente como o creme da cobertura do bolo?
– Não precisou escovar os dentes depois da sobremesa!

– Por que em cavalo dado não se olham os dentes?
– Porque ninguém dá um cavalo de graça para um dentista!

– Se pudessem escolher, as mulheres escolheriam beleza ou inteligência?
– Beleza: elas sabem que os homens não são inteligentes o bastante para enxergar além da beleza!

Pete vasculhou o pudim de ameixa achando que tinha algum dinheiro escondido nele, mas tia Pam é muito pão-dura para isso. Não tinha mais conhaque para flambar o pudim, pois o tio Bob tinha bebido tudo. Estava tão embriagado que até esqueceu de me perguntar se eu já tinha namorado. Logo agora que eu gostaria que tivesse perguntado. Assim eu podia responder: Sim.

No caminho de volta para casa, um silêncio mortal no carro. Foi ainda pior do que no ano passado. No final, um Natal esquisito, mas feliz.

ÍNDICE ONOMÁSTICO

aborto 11
abusos 76-78, 138-139
acne, *ver* espinhas
ácido mefenâmico 50
adoção 46
agarramento, *ver* carícias
agorafobia 101
agulhas
    e exame de sangue 60-61
    vacinação 94
AIDS 106, 141-151, 155-156, 161
    e beijos 26
álcool 11, 23, 42-43, 51-52
alcoolismo 53-54, 79-80
alergia 74
amidalite 59-60
amor de irmão 105, 129, 152-154
anfetaminas 79-80
animais domésticos, doença dos 64-65
anorexia 83-87, 113
antibióticos 26, 34-35, 63
anticorpos 25-26
apostas 11
aranhas 101
aspirina 50, 59-60
ataques do coração 126-127, 161-162
ataques, *ver* epilepsia

beber, *ver* álcool
beijar 12, 61, 103, 138, 160
    e AIDS 26
biblioteca 24, 27
bicicleta 36, 123-124

cabeleireiro 35
cabelos, e piolhos 56-57, 91
camada de ozônio 100
camisinha, *ver* preservativo
câncer 32, 99-100
câncer na pele 99-100
carícias 12
cartão do dia dos namorados 39

casamento 11
    crise no 37
    ver também divórcio *e* separação
capacetes 20, 23, 36, 123
carona 77
cerveja, *ver* álcool
cheques, talões de 11
cigarro, *ver* fumar
clorofluorcarboneto 100
cocaína 79
comer, parar de, *ver* anorexia
comida e alimentação saudável
    133-137, 161-162
contracepção 66-69, 106, 138-139
cosméticos 33-34

"dança da corte" 12-13
depressão, estar com 90, 110-117
    dos pais 125
    razões para não sentir 116-117
desodorantes 100
diabetes 34
diafragma 69
dietas 80-82, 93, 112-113
    anorexia e as dietas 83-87
    ver também comida e alimentação
        saudável
dinheiro 152-153
dirigir 95
    aulas de motorista 36-37
    licença 11
    exames 36-37, 95
    ver também motocicletas
divórcio 38, 44-47, 163
    ver também separação
doação de órgãos 129-130
doenças cardíacas 33
doença do beijo, *ver* mononucleose
    infecciosa
doenças sexualmente transmissíveis
    35, 54, 68, 106, 161
    ver também AIDS

dormir, *ver* insônia
drogas 13, 43, 70, 79, 123-124, 160
   termos usados 116
   testes 33-34

empregos 89-90
   em que trabalhar? 94
encefalomielite miálgica 60, 64
Enterobius vermicularis, ver vermes
epilepsia 157-158
escola
   sair da 11
   refeições na, *ver* comida e
      alimentação saudável
   matérias e empregos
      94, 110, 112, 126
   ver também provas
escorbuto 27
espermicidas 68
espinhas 14, 20
espirros 25-26
esportes 63
   ver também exercícios físicos
estágio experimental, *ver* empregos
esteroides anabolizantes 139
estupro 76-78, 121, 138-139
exercícios físicos 118-123
experiências com animais 33-34

férias com a família 96-97
feromônios 12, 97, 160
festas 42-43, 79-80
filmes pornográficos 11
flatulência 98
fobias 101-102
fogos de artifício 141
forma, manter a, *ver* esportes
fumar 13, 32, 40, 42, 79, 129, 160-161

garganta irritada 59-60
   ver também mononucleose
      infecciosa
gonorreia 35
   ver também doenças sexualmente
      transmissíveis

gravidez
   33, 35, 41, 66, 69, 79, 106, 128
   ver também contracepção

heroína 79
homossexualidade 15

idade, direitos legais 10-11
   ver também velhos
insônia 128-131
   conselhos sobre 132

ladrão de lojas 91
leucemia 34
limonada 27

maconha 13, 43
médico, direito de escolher o seu 11
medo, *ver* fobias
menstruação 50-51, 97, 113
   testes 75
mentir 32
modelos fotográficos 57
   e anorexia 85
mononucleose infecciosa 61-64
morfina 124
morte 126-130, 161
motocicletas 11, 20, 36

nomes, mudança de 11
nariz
   e resfriados 25-26
   pôr o dedo no 25

óleo de bronzear, *ver* protetor solar
organização dos estudos
   13-14, 19, 21, 30-31, 35, 70-71

pais mal-humorados 125
parentes, visita dos 37, 40
paracetamol 26, 60, 63
passaporte 11, 36
peidar, *ver* flatulência
peitos 21, 58, 78, 94
penetras 42

peso, e anorexia
  ver também dietas *e* comida e
    alimentação saudável
pílula anticoncepcional 67-68
pílula da manhã seguinte 69, 106
piolhos na cabeça 56-57, 91
pólio 84
ponche 42
presentes 14, 18-19, 23, 34
preservativo 35, 53-54, 66-67, 106
primos 37-38, 40
professores 29-30
promessas quebradas
    80, 103, 105, 109, 112, 120, 123
protetor solar 98-99
provas 13-15
  e doença 64, 69-70
  resultado das 107-109
  fazer provas 72-78
  ver também organização
    dos estudos
pulgas 111
  ver também piolhos

raios ultravioleta 100
rapazes
  as garotas que eles preferem 108
  opinião sobre eles
    15, 21, 55, 106, 138, 160
resfriados 24-26
responsabilidade, sentimento de 90-91
revisão da matéria para as provas, *ver*
    organização dos estudos
revistas pornográficas 14, 65
Rhino virus, ver resfriados
romance de férias 102-103
  conselhos sobre 106-107
rubéola 35

sair de casa 11, 153-154
Samaritanos 114, 118
saúde em geral 24-25
separação 41, 44-47, 163
  ver também divórcio
seguro social 38

sexo
  agressões sexuais, *ver* estupro
  atração sexual 12, 160
  relação sexual 11
  termos usados para o sexo 116
  dizer "Não" 138
  ver também contracepção *e*
    gravidez
sonhos 27-29
suicídio, *ver* depressão *e* Samaritanos

Tampax 50-51, 53
tarado 77
telefonemas 128
tétano 94
transplantes de rim 127

velhos 97-99
vermes 163-164
viagem ao exterior 49-53
vida banal 153-154
vinho, *ver* álcool
vírus 25-26, 35, 53-60, 62-64
vírus Epstein-Barr 62
  ver também mononucleose
    infecciosa
vitamina C 26-27
votar 11

xixi na cama 38, 41

AGRADECIMENTOS

O diário de Susie é uma mistura de muitas vozes e fontes diferentes. Publicamos um anúncio na revista *Just Seventeen* e fomos surpreendidos por uma avalanche de envelopes cor-de-rosa e amarelos, que jorravam pelo buraquinho de cartas em nossa porta, cheios de um material maravilhoso, às vezes também difamatório. Três colégios em Oxfordshire — Peers, Lord Williams e Chenny — mais uma vez protestaram contra o fato de estarmos invadindo a privacidade de seus alunos com um questionário minucioso a respeito da AIDS.

Alguns de nossos filhos se mostraram mais entusiasmados para contribuir dessa vez — Beth, Tamara e Tess, juntas com Gus, ajudaram muito na redação, com suas críticas atentas sobre o texto original. Sam e Magnus se destacaram pela firme relutância em revelar qualquer aspecto de suas vidas adolescentes, ao mesmo tempo que aproveitavam bastantes os frutos do primeiro livro. Quanto a isso, devemos respeitá-los. Entre seus muitos amigos que nos ajudaram, gostaríamos de agradecer em especial a Amanda, Louise, Kitty, Gina e Matthew. Marny Leech nos serviu com valiosos conselhos ao longo de todo o trabalho e editou o texto final, além de fazer diversas alterações a fim de evitar enganos sérios, como colocar o domingo de Páscoa caindo numa sexta-feira. Jill Challner, muito gentilmente, nos cedeu os gráficos que usamos nas páginas 135 e 136. Recebemos também o auxílio de Ann Jeavons, Adèle Greene, Dick Mayon-White, Peter Morris, David Weatherall, Harriet Sansom, Mary Marzillier, Colin Blakemore, Richard Peto e John Galway.

Para essa gente toda, e os outros que nos ajudaram na preparação de ambos os livros, gostaríamos de dizer MUITO OBRIGADO.

Aidan Macfarlane e Ann McPherson

NOTA AOS LEITORES BRASILEIROS

Ao editar no Brasil *O diário de Susie*, resolvemos não "adaptar" o dia a dia de Susie à vida de uma adolescente brasileira. O que vocês acabaram de ler mostrou um ano na vida de uma garota inglesa de 16 anos. As experiências pelas quais ela passou são parecidas com as nossas: namoros, brigas em casa, desejos, angústias com provas, conversas com amigas, medo de AIDS e gravidez, dúvidas sobre drogas etc. Mas várias das informações sobre o cotidiano inglês não valem no Brasil. Só para citar dois exemplos: aqui nós não podemos ter segurança que todo o sangue utilizado para transfusões é de fato examinado e livre do vírus da AIDS; e, para os brasileiros, o aborto é ilegal.

Para adaptar o livro ao Brasil, não bastaria apenas trocar o nome de Susie (por "Suzana", talvez), algumas marcas de carros e as várias informações médicas e legais que o diário contém. São realidades e estilos — o inglês e o brasileiro — diferentes. Esperamos que *O diário de Susie*, juntamente com o *Diário de um adolescente hipocondríaco* (publicado pela Editora 34 em 1993), possa, além de ser uma boa distração, servir para atiçar a curiosidade não só dos adolescentes, mas dos próprios professores e pais sobre os direitos e deveres dos adolescentes brasileiros.

Os Editores

SOBRE OS AUTORES

Aidan Macfarlane e Ann McPherson são médicos e trabalham em Oxfordshire, na Inglaterra. Juntos, já escreveram vários livros, como *Mum, I Feel Funny* ("Mamãe, estou me sentindo esquisito", 1982, premiado pelo *The Times Educational Supplement*), *The Diary of a Teenage Health Freak* (*Diário de um adolescente hipocondríaco*, 1987), *I'm a Health Freak Too!* (*O diário de Susie*, 1989) e *The User: The Truth about Drugs, What They Do, How They Feel, and Why People Take Them* (*Que droga é essa?*, 1996, com Magnus Macfarlane), os três últimos lançados no Brasil pela Editora 34.

Aidan Macfarlane é pediatra. Seu principal interesse são as condições de saúde nas escolas. Ele é também o autor de *The Psychology of Childbirth* ("A psicologia do parto", 1977) e *Pocket Consultant: Child Health* ("O livro de bolso da saúde da criança", 1980), entre outros.

Ann McPherson é especialista em clínica geral e tem grande experiência com problemas de saúde infantil, adquirida não só através do contato com seus pacientes, mas também na convivência com seus filhos. É autora de diversas obras, como *Women's Problems in General Practice* ("Problemas da mulher na clínica geral", 1983) e *Miscarriage* ("Aborto espontâneo", 1984, com Ann Oakley e Helen Roberts).

John Astrop escreveu e ilustrou diversos livros infantis, entre os quais podemos citar *My Secret File* ("Meu arquivo secreto", 1982), *Not Now Dear!* ("Agora não, querido!", 1983), *Ghastly Games* ("Jogos apavorantes", 1983) e *After All We've Done!* ("Depois de tudo o que fizemos!", 1984).

COLEÇÃO 34 INFANTO-JUVENIL

Últimos lançamentos

Ficção brasileira

O colecionador de palavras
Edith Derdyk

A lógica do macaco
Anna Flora

Tumbu
Marconi Leal

O caminho da gota d'água
Natália Quinderé

*A invenção do mundo
pelo Deus-curumim*
Braulio Tavares

Vermelho
Maria Tereza

Ficção estrangeira

Cinco balas contra a América
Jorge Araújo e
Pedro Sousa Pereira

Comandante Hussi
Jorge Araújo e
Pedro Sousa Pereira

A foca branca
Rudyard Kipling

Rikki-tikki-tavi
Rudyard Kipling

Carta das ilhas Andarilhas
Jacques Prévert

Histórias para brincar
Gianni Rodari

Histórias de Bulka
Lev Tolstói

O cão fantasma
Ivan Turguêniev

A pequena marionete
Gabrielle Vincent

Poesia

*O flautista misterioso
e os ratos de Hamelin*
Braulio Tavares

Limeriques das causas e efeitos
Tatiana Belinky

O segredo é não ter medo
Tatiana Belinky

Teatro

Pluto ou
Um deus chamado dinheiro
Aristófanes

Este livro foi composto em Lucida
Sans pela Bracher & Malta, com CTP
e impressão da Edições Loyola em
papel Alta Alvura 75 g/m² da Cia.
Suzano de Papel e Celulose para a
Editora 34, em dezembro de 2009.